KB148578

먼 데서 오는 여인

먼 데서 오는 여인

초판발행일 | 2015년 2월 28일

지은이 | 김원옥
펴낸곳 | 도서출판 황금알
펴낸이 | 金永馥

주간 | 김영탁
편집실장 | 조경숙
인쇄제작 | 칼라박스
주 소 | 110-510 서울시 종로구 동숭동 201-14 청기와빌라2차 104호
물류센타(직송 · 반품) | 100-272 서울시 중구 필동2가 124-6 1F
전 화 | 02) 2275-9171
팩 스 | 02) 2275-9172
이메일 | tibet21@hanmail.net
홈페이지 | http://goldegg21.com
출판등록 | 2003년 03월 26일 (제300-2003-230호)

* 값은 뒤표지에 있습니다.

ISBN 978-89-97318-95-7-03810

오늘은 어찌된 일인지 누구에게도 말하지 않은 이야기를 들려준다!

먼 데서 오는 여인

황금알

하루하루를 살다 보면 보는 것, 느끼는 것 등이 있게 마련이다. 그러나 꼭 뭔가를 쓰기 위해서 메모를 하듯 본 것, 느낀 것, 그래서 생각하게 하는 것 등을 쓴 것이 아니라 자연발생적으로 가끔씩 쓰다 보니 글이 모였다. 그것이 혹은 잡지에 혹은 신문에 실리기도 하였다. 1부는 신문에 실린 것, 2부는 잡지에 실린 것, 그리고 3부는 아직 발표되지 않은 것으로 구분하였다.

2015년 봄

김원옥

차례

1부

2부

3부

1부

국경에서

수년간 중국 요녕(遼寧)성 심양(瀋陽)시 인민정부와 심양총영사관이 공동 주최하는 '한국 주간' 행사가 현지에서 있었다. 한·중 경제 공동발전을 위해 열리는 이 행사에 올해는 62개 공연이 진행되는데, 그중 8번 정도가 연수문화원의 몫이었다. 며칠간의 공연을 끝낸 우리 일행은 중국을 떠나기 전날, 만리장성의 동쪽 끝이라 주장하며 새로 성을 쌓은 단둥의 호산장성으로 갔다. 이곳은 고증에 의하면 고구려시대의 산성인 박작성이 있던 곳이다.

비감한 마음으로 그곳을 구경한 후 꼬불꼬불한 길로 몇 분쯤 더 가서 자동차가 멈춘 곳에 작은 개천이 있었는데 바로 압록강의 지류였다. 징검돌 서너 개가 놓여 있었는데 그곳이 중국에서 가장 쉽게 북한으로 넘어갈 수 있는 국경이라 한다.

우리가 도착했을 때 중국 땅에서 많은 사람이 북한 쪽을 바라보고 서 있었다. 나도 그들과 함께 잡목들이 우거진 북쪽 경계를 바라보고 있자니, 국경을 지키는 보초들이 숲 사이로 빠끔히 얼굴을 내민다. 그때 개천에 서 있던 한 남자가 올라왔다. 무슨 일이냐고 곁에 있는 누군가에게 물었다. 단둥에서 사업을 한다는 한국인인데 북한 보초병들에게 담배를 건네주었다는 것이다.

그때 강에서 올라온 그 한국인이 담배를 좀 사주라고, 자기도 그랬다고 나에게 넌지시 말한다. 한 발만 뛰면 의주 땅이다. 나무숲 속에서 얼굴을 내밀고 있던 보초병이 엉금엉금 기어 나오더니 개울가에 서 있는 우리에게 말을 건넨다.

"안녕하셨습니까?"

어려서 듣던, 그러나 이제는 저 무의식 속에 자리 잡고 있는 짙은 평안도 사투리이다. 나도 모르게 평안도 사투리로 말했다.

"예, 고생이 많으십네다. 거기가 의주땅이구만요."

살이 없어 깡마르고 검게 그을린 피곤한 듯한 그의 얼굴에 미소가 흐른다. 20대 중반인 듯한데 이미 40을 훌쩍 넘긴 듯 늙어 보였다. 그는 불안한 몸짓으로 이리저리 살피며 여전히 잔잔한 미소를 띤 채, 아주 작은 소리로 고향이 어디냐고 묻는다. 평양이라 대답했다. 이렇게 두어 마디 말이 오고갈 즈음 나는 내가 전혀 알지 못하는 평양을 생각했고 동시에 그에게서 내 아버지의 모습을 보려 했던 것 같다. 그러고는 어린 시절로 돌아갔고, 부모님이 마치 북한에 있는 듯한 착각을 하였다.

1920년대 아버지는 오산학교를 졸업하고 의주와 안주에서 교사로 지내셨다. 그 긴 세월을 뛰어넘어 생면부지의 그에게서 왜 아버지의 모습을 보고 싶어 했을까. 평안도 사투리 때문이었을까, 아니면 거기가 의주였기 때문이었을까. 우리 부모님 단 한 번만이라도 볼 수 있었으면, 나 아주 어렸을 적 그랬듯이 어리광 조로 아버지를 부르면, '우리 막내딸' 하고 등을 두드리며 업어줄 텐데, 너무도 아늑하고 따뜻해서 아무 말 하지 않아도 만 가지 슬픔 다 녹아내릴 텐데.

그 아버지가 저 숲 뒤에서 나타날 것만 같았다. 아마 내 부모가 그곳에 살아 계신다면 몇 발 더 내디뎌봤을지도 모른다. 나는 바로 국경선에 있었기에 월경은 60분의 1초로 이루어질 수 있다. 그러나 내가 태어난 곳이라고 맘대로 건널 수 없는 것, 한국전쟁 당시 납북된 아버지를 그 후 한 번도 본 적이 없다. 이런 상황을 만든 정치 때문에 내 기억 속의 아버지는 꿈속에서 본 어떤 낯선 사람처럼 영상이 잘 잡히질 않는다.

그들의 마른 얼굴을 보면서, 지금은 돌아가셨겠지만 아버지도 저렇게 깡마른 모습으로 사셨을까, 천수를 다하기는 하셨을까, 생각하니 눈물이 핑 돌았다. 그들에게 담배보다는 차라리 따뜻한 국밥 한 그릇을 주는 것이 더 좋을 것 같았다. 그러나 담배를 파는 중국 여인이 들고 있는 닳고 닳은 담뱃갑으로 보아 수없이 받고 또 받으며 돈과 바꾸었을 거라는 생각이 얼핏 스쳤다.

만감이 교차하는 이국땅에 갑자기 쏟아지는 소나기는 무겁고 서늘한데 옥수수가 넓게 심어져 있는 의주 벌은 회색빛 구름과 빗발에 묻혀가고, 나는 그걸 하염없이 바라보고 있었다. 그때 비가 오니 빨리 차에 오르라고 안내원이 소리쳤다. 그의 말에 놀라 정신을 가다듬고 얼른 멀리 보이는 옥수수밭 그 너머 비안개 서린 뿌연 의주 벌을 찍었다.

그 옛날 아버지가 살던 때의 의주 벌도 이런 풍경이었을까. 내가 살아 있을 동안 통일은 될까. 통일이 된다 한들 젖먹이 때 월남하여 고향을 모르니 찾아가 본들 알기나 할까. 간다면 부모가 살았던 흔적을 유추하여 찾아볼 수는 있을까. 우리 일행을 태운 자동차는 의주를 뒤로하고 다음 행선지를 향해 달리기 시작했다.

문화와 정치 사이

사는 곳이 어디든 삶의 매 순간 우리는 어떤 식으로든 문화와 관계를 맺으며 살고 있다. 우리가 접하는 유형의 사물들과 삶에 관여하는 무형의 것, 즉 제도나 관습, 그리고 예술, 문화유산, 지식 등이 모두 문화의 소산이다. 따라서 우리의 행동, 생각, 느낌 이런 모든 것은 문화를 바탕으로 이루어지는 것이다. 이처럼 문화는 인간 집단의 정체성을 형성하는 것으로 우리는 항상 그 사회의 문화를 호흡하며 살고 있다.

실시간으로 교류되는 21세기는 다양한 혼합 문화시대이다. 문화적 역량이 높은 지역일수록 문화의 가치창출 능력이 경제성장을 보장한다는 것은 이제 누구나 다 아는 사실이다. 이전에는 경제가 삶의 기반이었다면 앞으로는 문화가 삶의 기반이 되는 시대이기에 문화자본의 힘이 경제를 선도하게 된다는 것이다.

무엇보다 한 사회의 문화적 표상과 수준을 결정하는 것은 개개인의 삶의 양식에서 온다. 즉, 수준이 높다는 것은 그 지역의 문화자본을 넉넉하게 가지고 있다는 의미로, 자본이 많으면 활용도가 높고, 그 활용은 곧바로 경제적 향상을 말하는 것이라 할 수 있겠다.

지역 문화예술이 이렇게 변화하고 발전해야 하는 시점임에도 행정공무 영역의 역량만으로는 문화 전문성 확보가 어려운 것이 사실이다. 이 같은 문제 해결을 위해 기초지자체는 문화정책을 수립하고 집행하는 기구에 민간 전문가와 문화예술 활동가를 참여토록 해문화 거버넌스를 구현하는 것이 좋지 않겠나 하는 생각이 든다.

문제는 광역시·도의 문화예술 진흥정책은 현재까지도 하드웨어 중심의 투자가 대부분이라는 데 있다. 책정된 문화예술기금으로 광역시가 자체 사업을 가질 수도 있겠지만, 실상은 기초지자체의 적절한 안배 노력도 절실한 형편이다.

지역 속의 지역이 심각한 불균형과 소외, 낙후함을 호소하는 현실에서 정책과 예산, 인력과 사업을 아우르는 총괄적 네트워크 시스템을 새롭게 구축할 필요가 있지 않을까. 지역의 문화예술 발전을 위해서는 외적인 팽창보다는 지역의 고유한 문화적 자원과 원형을 최대한 이끌어 내고, 독특한 문화적 콘텐츠를 개발하는 소프트웨어 중심의 다양한 사업을 전개해야 한다는 생각이다.

사실 2007년 이후 세계 문화정책의 흐름은 빅 프로젝트보다는 시민들의 일상을 돌보는 방향으로 진화하고 있다. 일회적인 사업으로 연출되는 빅 프로젝트가 아니라 지속적인 문화사업을 통해 주민 예술교육의 확대와 주민참여를 권하고, 예술 매개시설과 매개인력 양성을 활발히 진행하고 있는 상태다.

이렇게 함으로써 기존 문화예술의 초점이 문화예술 생산자 중심에서 매개자·향유자 중심으로 이동, 시민의 삶의 질을 더 높게 연출해가는 방향으로 바뀌게 되고, 예전과 다른 커뮤니티성 공공예술에서 참여예술로 향해 가는 것이다. 이러한 소프트웨어 중심의 문화예술 사업은 문화원 등 지역의 문화 전문단체들로 하여금 진행케 해 지역 문화예술 성장의 핵심적 역할을 하도록 해야 한다. 특히 문화원은 이미 지역 문화예술단체와의 소통과 네트워크를 통해 강력한 리더십을 가지고 기초지역 문화예술계의 종합광장으로, 전문성과 공공성에 기반을 둔 새로운 프로젝트로 문화환경을 만들어갈 준비를 마쳤다.

문화예술 사업은 문화교육 사업처럼 우선 많은 자본과 인력을 필요로 하며 후에 그 성과가 나타난다. 지역이 부강하고 주민이 행복해질 수 있다면 시대적·사회적 변화의 바람을 두려워하거나 피하지 말고 지역행정에 변화를 주어야 한다. 양질의 '문화민주주의 실현'은 아픔을 감내하지 않고서는 오지 않는다.

별 같은 존재

어느 해 몽골에 간 적이 있다. 며칠 동안 파란 하늘의 나라로 알려진 자연 그대로의 풍경 속을 이곳저곳 돌아볼 수 있었다. 울란바토르에서 북동쪽으로 90킬로미터 떨어진 곳에 유네스코가 지정한 세계 자연유산인 테를지 공원이 있다. 이곳은 거북바위 등 기암석이 있는 특이한 풍광 지역이다.

여기저기 구경하고 있자니 어디선가 여남은 명의 원주민이 말을 끌고 와 1달러를 내고 타라고 유혹했다. 나는 가장 몽골인처럼 생겼다고 생각되는 아저씨에게 1달러를 주고 사진 한 장을 찍을 수 있도록 허락을 받았다. 초상권을 지불한 셈이다. 칭기즈칸의 고향 몽근머리트에도 갔다. 그의 고향이라 해도 유적도 없고 숲이 우거져 있을 뿐이었다.

유목민의 음식문화 체험 과정에서 양을 잡는 광경도 볼 수 있었다. 우리가 어느 유목민의 집에 도착했을 때 앞마당에 있는 작은 나무에 한 마리 양이 묶여 있었다. 양은 두려움에 떨며 그 큰 눈에 눈물이 그득 고여 있었다. 잠시도 가만히 있지 못하고 나무 주위를 뱅뱅 돌거나 오줌을 질금질금 지리기도 하였다.

한 남자가 예리한 칼로 신경이 없다는 목덜미 어느 부분을 조금 가르고, 그 구멍으로 손을 넣어 숨통이라는 2센티미터 정도의 가느다란 붉은 신경줄 같은 것을 꺼내자마자 양은 가만히 누웠다. 이 것은 삽시간에 이루어진 일이다. 이제 죽음에 대한 두려움이 그에게서 사라진 것이다. 피 한 방울도 흘리지 않고 배를 가르고 가죽을 벗기는 동안 양은 우리가 흔히 보는 살코기로 변하고 있었다. 8년을 산 양(헌느)은 그렇게 이 지상에서 사라져 가고 있었다. 약육강식의 기막히게 냉정한 세상이지만 그래도 유목민은 양에게 고통 없이 죽도록 배려를 했다.

풀이 1년 중 가장 많이 자라 무릎 정도가 되었을 때쯤인 7월 10일에 나담 축제가 열린다. 아직은 시기가 좀 빠르지만, 우리 일행을 위해 미니 축제를 열어 보여준다고 했다. 자본주의 사회가 되면서 저들의 전통적 풍습은 일종의 관광상품이 된 것이다. 씨름과 말달리기에서 1, 2, 3등을 한 사람에게 우리는 상금을 주었다. 즉석에서 나는 축하한다는 말을 배워 상금을 줄 때마다 '바이르후르기'라 말해 주었다. 예술, 역사, 음식, 전통, 종교 등 우리를 위해 마련한 여러 가지 문화행사를 보았다.

몽골은 말과 양이 드문드문 있을 뿐인 너무도 맑고 조용한 나라, 유목민들처럼 푸른 하늘과 초원 그 사이에서 나도 말을 타고 두어 시간 정신없이 달린 나라, 가슴이 탁 트이고 무상무념의 상태로 돌아갈 수 있는 나라, 여명이 사막의 모래 물결을 아름답게 비추는 나라, 아들은 재산인 말과 양을 지켜야 하기에 재산을 관리할 능력을 기르기 위해 어릴 때부터 말을 타고 딸을 공부시키는 나라, 키 작은 풀꽃들이 들판 가득 나브죽 엎드려 있는 나라, 곳곳에 우리의 성황당 격인 어워가 있는 나라, 시멘트로 지은 호텔 대신 게르가 있는 나라, 모래 광야에 뿌연 물이 흐르는 톨 강과 붉은 물이 흐르는 헬렌 강이 있는 나라, 언제나 부처님께 소원을 비는 사람들의 나라, 몽골의 마지막 황제 복드 8세의 주치의였던 이태준 열사가 일제치하에서 독립운동을 하다가 러시아의 볼쉐비키 혁명으로 몽골로 밀려나 정권을 장악한 러시아 백군에게 체포되어 총살당한 나라, 짐승의 뼈일 것 같은 것들이 오랜 세월의 풍상에 허옇게, 그리고 구멍이 숭숭 뚫린 채 나둥그러져 있는 풍장(風葬)의 나라, 왕이나 촌장의 무덤일 거라는 돌무덤이 있는 나라, 그곳이 바로 몽골이다.

몽골 초원에서의 밤은 특별했다. 한국에서는 2천여 개의 별을 셀 수 있다는데, 8천 개쯤의 별을 셀 수 있는 히말라야 산꼭대기와 더불어 몽골은 세계 3대 별 관측지라 한다. 세상의 별들이 모두 모인

듯 손에 닿을 듯한 주먹만 한 별들이 내 앞으로 와르르 쏟아질 것 같다.

별에 관해 누구나 아는 이야기가 있다. 동방박사들은 별의 인도로 아기 예수께 가 엎드려 경배하고 황금과 유황과 몰약을 선물로 드린다. 황금은 왕권을, 유황은 신성을, 몰약은 죽음을 통한 희생을 의미한다. 또한 별은 예부터 행인에게 길 안내자였던 것이다. 사막이나 바다에서 길을 잃었을 때 별자리를 보고 방향을 잡았다고 하지 않은가.

올해 우리나라는 총선과 대선이라는 큼직한 선거를 두 번이나 치러야 한다. 그때 뽑힌 당선자들은 우리나라를 움직일 리더급이다. 그들의 정치능력 여하에 따라 국민의 삶이 좌지우지될 수 있다. 이제 그들은 자신의 측근만을 지키려고 애쓰지 않고 고통 없이 양을 죽게 하는 몽골인의 배려하는 마음처럼 따뜻한 책임감으로서, 들판에 나브죽 엎드려 피어난 꽃처럼 겸손한 정치인으로서 유황과 몰약을 선물로 받을 자격이 있어, 국민들의 가슴이 탁 트이는 나라를 만들 수는 없을까. 몽골의 밤하늘처럼 맑고 밝은 별 같은 존재, 사람들이 감탄하며 바라보는 별같이 아름다운 권력의 끝이 되었으면 하는 간절한 마음이다.

비무장지대

추적추적 겨울비가 내리는 아침 인천을 떠났다. 가는 길 내내 비는 내리고, 지난밤 잠을 자지 않은 나는 어느새 흔들리는 버스 속에서 깜빡 잠이 들었나 보다.

눈을 떠보니 차창 밖은 온천지에 하얀 눈이 쌓였고, 아직도 풀풀 날리고 있었다. 경사진 길 위로 올라가야 하는 버스, 미끄러질 염려가 있어 올라가지 않는 게 좋겠다는 운전기사의 말에 사람들이 내려서 걸을까, 아니면 그냥 임진각으로 갈까 하면서 우왕좌왕하는 중이었다.

잠결에 여기가 어딘지 모른 채 멍하니 있자니 누군가가 커다란 포댓자루를 가지고 와서 눈 위에 뿌리는 것이었다. 염화칼슘인가 보다. 와 소리를 지르며 우리는 가까스로 언덕길 위로 올라갈 수 있었다.

한강과 임진강이 만나 함께 널찍한 강폭을 이루면서 흐르는 곳 경기도 파주시, 그곳에 자리한 오두산 통일전망대. 버스에서 내리자 첫눈에 들어오는 것이 진달래꽃 가지 위에 소복이 쌓인 눈이었다. 저것을 한 번 멋있게 찍어보겠다는 생각으로 가까이 다가가 카메라를 들이댔다. 열심히 찍어보지만 만만치가 않다. 아무래도 이 근방을 한 바퀴 돌고 나서 찍어야겠다는 생각을 하고 이곳저곳을 걸었다.

앞이 확 트인 저 멀리 섬 같은 동네가 눈에 들어온다. 뿌옇게 눈이 쌓인 그곳은 북한 땅이었다. 강화에서 바라보던 개성 땅처럼 그곳도 한없이 고요하고 평화로우며 아름다워 보이기까지 했다. 강 건너 저쪽 마을은 황해도 개풍군 임하리. 개풍이라는 말이 참으로 귀에 익다. 안악, 연백, 봉천, 해주, 개풍 등과 함께. 평안남도가 고향인 우리 집안은 황해도와 인연이 많았다. 특히 일제 강점기 말에는 아버지가 황해도로 피신하여 갈천 같은 두메산골에서 보낸 적도 여러 번이었다는 말을 어렸을 때 들었다.

여기서 그리 멀지 않은 개풍을 바라보고 있다. 어렸을 때 그 지명을 들으며 상상하던 곳이 지금 눈 속에서 그림자처럼 뿌옇게 보인다. 맑은 날이라면 상상 속의 그곳을 더 뚜렷하게 볼 수 있었을 텐데. 직선거리로 1.5~2킬로미터 정도라고 하니 걸어서 20, 30분 거리가 아닌가. 국가가 무엇이고 이념이 무엇이기에 군사분계선이라는 것을 만들어 놓았는가. 어린아이가 들으며 상상하던 곳들, 그러나 지금은 지워져 희미하게 남아 있는 그 상상의 풍경들, 그 상상의 도시를 확인도 해 보지 못한 채 그냥 내팽개쳐야 한다니…….

해발 112미터 오두산. 예로부터 고구려와 백제의 전쟁터, 남북 간의 충돌의 역사를 가지고 있는 오두산이다. 고구려와 백제의 치열한 공방전이 벌어졌던 관미성(關彌城)이 있던 곳, 고구려 광개토대왕의 수군에 의해 함락됨으로써 백제의 국도(國都)인 하남 위례성이 포위되는 등 위기가 이곳에서 수없이 벌어졌다.

고대로부터 남북 간의 전쟁터요 군사적 요충지인 여기는 많은 세월이 지난 지금에도 군사분계선이라는 금을 그어놓을 수밖에 없는 땅이다. 변치 않는 남북 간의 치열한 충돌로 얼마나 많은 사람이 쓰러졌을까. 서글픈 마음에 아픔이 밀려오면서 온몸을 저리게 한다.

그때 갑자기 "저기 좀 봐!" 하는 소리가 들린다.

하늘을 보니 독수리 한 마리가 빙빙 활공하고 있다. 먹고 사는 것 이외에는 아무런 정치적 이념이 없기에 저놈은 자유로이 남북을 왕래한다. 한강과 임진강의 간조와 만조의 자연현상, 갯벌에 서식하는 동식물들을 먹기 위해 몰려드는 천연기념물 등 각종 철새를 볼 수 있는 곳.

남의 한강과 북의 임진강이 만나는 곳에 저렇게 철새들, 또는 뜨내기 새들이 날아들어 평화롭게 먹이를 찾는다. 그런데 어쩌자고 인간은 자연스럽게 흐르는 강의 만남을 저버리고 수많은 가정에 이별의 아픔을 주고 싸움질만 하는지. 수많은 철새의 평화로운 먹이 시간에 나는 인간의 아픈 역사를 생각하고 있다니…….

다시 버스를 타고 임진각으로 간다. 신분증을 주고 30여 분 기다린 후에 들어갈 수 있었던 민통선 지역 장단콩 마을에서의 점심. 며칠 전에 한 대 맞고 멍이 들어 멍멍해진 듯한 묵직한 가슴을 안고 발길을 돌려 임진각으로 되돌아왔다.

독개다리라 불렸던 다리. 휴전 후 전쟁포로 1만 3천 여 명이 이 다리를 통해 돌아오면서 자유만세를 외쳤다 하여 그렇게 불리게 되었다는 이 '자유의 다리', 돌아오기만 하였고 다시는 갈 수 없는 일방통행의 자유의 다리, 이제는 오는 것도 가는 것도 금지된 다리, 그 다리 위에서 망연히 북쪽을 바라본다.

저쪽 너머 내가 보고 싶은 사람이 있을까. 내 아버지가 이념 때문에 그곳에서 발을 붙이지 못하고 도망치듯 겨우 넘어온 이 남한 땅에서 다시 납북되어 살았을 그곳. 그러나 당신도 이제는 돌아가시고 안 계실 텐데 왜 나는 저쪽을 이토록 오랫동안 바라보고 있는지……. 철망에 붙인 원망의 사연들, 가슴 저민 사연들. 그리 애타게 보고 싶은 사연들이 여기 있듯이 저쪽에도 있겠지.

그들은 이미 늙었고, 한낱 실오라기 같은 기억조차도 놓쳐버릴 만큼 쇠잔해진 마지막 남은 사람들. 머지않아 그들도 떠나갈 텐데 철조망이 무엇이라고……. 어느 노부부는 철조망을 움켜잡고 한숨 지으며 북쪽을 바라만 보고 있다. 깊은 생각에 잠겨 있는데 달리고 싶다는 기차가 뿌우 소리를 내며 종착역으로 들어온다. 이 기차는 언제쯤 신의주까지 갈 수 있을런지…….

자유의 다리 끝 철조망을 붙잡고 한 아이가 어른처럼 북을 바라 보고 있다. 저 아이가 어른이 될 때까지 이 철조망이 여전히 이렇게 있으면 어떡하나. 저 아이는 커서 이 다리를 건너 할머니, 할아버지 의 고향에 갈 수 있을까.

문화와 사회

　프랑스에서는 대개 소설가나 화가, 시인, 혹은 음악가들이 살던 집이 그들 사후에 박물관으로 사용되는 경우가 많다. 파리 뫼동에 있는 로댕 미술관이 그렇다. 그곳은 이미 관광명소가 되었고 파리를 찾는 방문객이라면 한 번쯤 들르는 곳이기도 하다.

　로댕과 거의 동시대이며 부르델과 더불어 프랑스 3대 조각가로 알려진 마욜 미술관도 그렇다. 예술인이 태어난 곳, 머물던 곳, 그들이 묻힌 곳, 그 모두가 일반인에게 개방되어 그들의 예술을 널리 알리는 자원으로 사용하며 각국의 관광객을 불러 모은다.

　발자크 박물관도 그렇다. 그곳은 파리에서 가장 부자 동네라는 16구에 있다. 그 집터는 경사진 곳이어서 앞에서 보면 2층이지만 뒤에서는 1층이다. 발자크는 생전에 빚이 많아 빚쟁이들이 앞문으로 오면 2층으로 올라가 뒷문 지상으로 도망가고, 뒷문으로 오면 아래층으로 내려가 앞문 지상으로 도망갔다는 일화가 있는 그 유명한 집이다. 그곳에는 그가 생전에 글을 쓰던 흔적들이 남아 있다. 물론 로댕이 조각한 그의 동상 등이 전시되어 있다. 그의 동상은 파리 시내에도 여러 구가 세워져 있다.

발자크 박물관을 둘러보고 나오는데 비가 내린다. 비를 맞으며 걷자니 추워서 애꿎은 날씨 탓을 하며 걷는데, 추워서 얼굴이 파랗게 된 한 청년이 A4 종이 서너 장 분량을 반으로 접은 것을 들고 서 있었다. 그냥 지나치다가 이상한 생각이 들어 그게 뭐냐고 물었더니 자기가 쓴 시라면서 10프랑에 사라고 한다.

이 청년은 '자기 시 팔기'를 하는 것이었다. 몇 편의 시를 열심히 써서 판다는 것이 정말 생소해 보였다. 물론 거리의 화가들은 이미 알려진 터라 그러려니 했는데 시 몇 편을 써서 파는 모습은 처음이지 싶다. 어쨌든 나는 『시적 사고』라는 제목을 붙인 작은 시집을 사서 읽었다.

이런 행위들이 조금도 이상하지 않은 나라, 국가적 차원에서 동네마다 갤러리, 문학관, 도서관, 박물관 등을 많이 만들어 그곳을 이용하는 사람이 많은 나라, 언제나 크고 작은 각종 축제가 있어 다양한 인종과 어울리는 나라, 항상 공연과 전시가 있는 나라 프랑스를 보면서 문화예술은 결국 사람과 사람 사이에 따스함을 전달해주는 징검다리 역할을 하는 것이라 생각하였다.

이 다리를 통해서 사람들은 너와 내가 우리를 만들어가면서 다문화, 다원화 사회에서 공동체 의식을 가지게 된다. 그러기에 예술은 고단한 삶에 한 사발 보약과 같은 역할을 하는 것이리라. 이렇게 삶의 매 순간 문화와 관계를 맺으며 사는 사회에서 문화적 역량이 높은 지역일수록 가치창출 능력이 높아져 경제성장을 보장한다는 것은 누구나 아는 사실이다. 무엇보다 한 사회의 문화적 표상과 수준을 결정하는 것은 개인의 삶의 양식에서 온다. 그 지역의 수준이 높다는 것은 문화자본을 넉넉하게 가지고 있다는 의미이며, 자본의 활용도가 많으므로 곧 경제적 향상을 뜻한다.

그렇다면 자본을 많이 확보하기 위해서는 어떻게 해야 할까. 문화예술 축제와 더불어 문화예술 교육사업을 해야 한다. 이는 한 사회에 대중문화(low culture)만 범람하지 않도록 고급문화(high culture)도 만들거나 받아들일 수 있는 사람들이 많아야 한다는 의미이다. 결국 문화의 다원화가 사회구조의 다원화를 촉진하는 것이며 진정한 민주화 실현에 크게 기여하리라 믿어 의심치 않는다. 그러므로 부강한 문화 민주주의 실현을 위해서는 우선 자본을 투자해야 할 것이며, 시대적·사회적 변화의 바람을 두려워하거나 피하지 말고 지역행정에 변화를 주어야 한다.

사진, 마음의 여행

　20세기 프랑스의 문예비평가이며 기호학자인 롤랑 바르트는 그의 저서 『카메라 루시다』에서 자신이 "사진에 관심을 두게 된 이유는 오직 아들의 모습을 찍을 수 있다는 것 외에는 아무런 이유가 없다던 어떤 친구와 흡사했다."고 말하고 있다. 사진의 본질은 내면성이 없고 표면적 정보만 있을 뿐이지만, 누군가에게 감동을 주는 것이기에 파토스적인 것의 감성과 분리될 수 없다고 말했다. 일반적인 것인 스타디움과 보편적으로는 코드화될 수 없지만, 본인만이 감지하는 작은 자국인 푼크툼에 대해 쓰고 있다.

　한때 나는 사진에 푹 빠져 있었다. 강화로 이미지 사냥을 가던 날이었다. 강화 어디쯤 흙먼지를 뒤집어쓴 채 시간을 놓쳐버린 시계가 걸려 있는 버스정류장이 눈에 들어왔고 그곳을 카메라에 담았다. 액정화면을 통해 그 영상을 다시 보는 순간 내 마음은 기억조차 없던 어느 장소로 단박에 옮겨갔다.

대학 졸업반 여름방학 때였을 것이다. 다행히 서울이 아닌 지방 출신의 친구가 내게 여럿 있었다. 그리하여 우리는 그동안 배웠던 시인들의 시, 말하자면 랭보의 시를

구멍 난 주머니에 두 주먹을 찔러 넣고
내 짧은 외투 역시 그 모양으로 되고
하늘 아래 나는 걸었다.
뮤즈여 나는 그대의 충실한 친구
올라라,
나는 얼마나 멋진 사랑을 꿈꾸었던가?

라든가

나그네,
오직 떠나기 위해서만 떠나는 나그네들

같은 보들레르의 시를 뭔지도 모른 채 겉모습에 취해 너도나도 깔깔거리면서 외웠다. 그렇게 우리는 낭만적으로, 구멍 난 주머니에 두 주먹을 찔러 넣고, 떠나기 위해 떠나는 나그네를 닮기로 하였다. 사실 난 어릴 때, 무작정 걷거나 산에 오르는 것을 좋아했다.

그리고 내가 돌아오는 길을 기억할 수 있는 곳까지만 갔다가 아슬아슬한 지경에 되돌아오곤 했다.

그러나 22살 나이에는 더는 가면 집과 너무 거리가 떨어져 길을 잃어버릴 거라는 두려움도 없던 나이이기에 훌훌 떠나기로 하였다. 서울에 사는 내가 먼저 떠나 그다음 행선지인 충청도의 친구 A네 집에 가서 2~3일 묵은 뒤 나와 A는 전라도에 사는 B의 집으로 간다. 그렇게 경상도와 강원도까지 속속들이 다 뒤지고 2학기가 시작되기 전인 8월 하순경에 서울로 되돌아오는 여정이었다.

그때 우리는 밤새도록 야간열차를 타고 다음 행선지로 갔고, 거기서는 버스를 타고 친구가 사는 동네 어귀까지 가곤 했다. 비포장도로가 많았으므로 버스를 타고 덜컹거리며 가던 길에 흙먼지가 겹겹이 쌓인 긴의자에 앉아있는 사람을 태워주던 버스, 손만 들면 아무 데서나 세워주던 버스. 버스정류장이랄 것도 없지만 그래도 가다 보면 길가에 황토 먼지를 뒤집어쓴 '뻐스 정거장'이란 팻말을 세워 놓은 곳이 있었다. 어쩐지 지금의 이 정류장이 그때의 것과 흡사했다.

여기서 내가 주시하게 된 것은 흙먼지를 뒤집어 쓴 다소 낡은 의자와 그 밑에 너저분한 오물 자국들이다. 이 푼크툼은 나에게 커다란 호감을 주었다. 연민에 가까운 감동을 불러일으키며 그때 그 정류장으로 나를 데리고 간 것이다. 그러나 그때 찍은 사진은 없어졌고 그저 마음속에 새긴 영상만이 남아 있을 뿐이다. 어쩌면 이상적인 여행이란 이런 것인지도 모르겠다.

일본의 소설가 무라카미 하루키는 그의 책에서, "여행하는 것을 좋아하지만, 여행지를 사진에 담아두거나 하지는 않는다. 기억하기 위해서 꼼꼼히 기록하는 편이긴 하지만, 눈앞의 모든 풍경에 스스로가 사진기가 되어 담아두려고 노력한다."고 말했다. 이상적인 여행이란 마음속에 새겨두는 것인가 보다. 기억 속에 영상으로만 남은 그 '뻐스 정거장'으로 카메라 속의 영상이 나를 데리고 간 것이다.

그날 강화에서 돌아오면서 나는 야릇한 행복감에 젖을 수 있었다. 이렇게 사람이 대상을 어떻게 받아들이는가 하는 인식론의 관점에서 볼 때 죽음, 시간, 상황 등의 피사체는 비체계적인 다른 빛의 푼크툼으로 와서 우리를 찌르기도 하고 상처 입히기도 하지만 나른한 행복 속으로 옮겨 놓기도 한다. 여름 햇살과 흙먼지 속의 '뻐스 정거장'으로 돌아가게 하듯.

삶, 부메랑

그가 갔다. 늙고 병들고 가련해진 모습으로 그는 갔다. 일곱 매듭으로 묶여 떠난 후 한 줌의 희끄무레한 가루로 다시 돌아온 모습은 늙음도 가련함도 아니었다. 온기도 물기도 없는 가루, 흐느낌으로 흩날릴 가루. 그렇게 허공중에 흩어질 길을 그리 멀리 돌아서 예까지 왔다.

"잘 가세요."

"잘 있어라."

한마디 말도 없이 뒤돌아보지도 않고 가는 길, 아무도 막을 수 없는 그 길을 그렇게 갔다. 우리의 인연이 여기서 다한 것을, 먹먹해진 가슴으로 하늘을 본다. 우라지게 푸른 하늘.

언제였을까, 그가 집에서 쉬던 어느 날 어린 소녀가 나풀나풀 논밭 건너 책보자기 손에 들고 뛰어올 때 두 팔 벌리고 성큼성큼 마중 나와 한 번 안아주고 등을 돌리며

"오빠가 업어줄게."

"오늘은 공부 몇 시간 했어?"

"무슨 과목이 재미있었어?"

라고 하던 그때의 광경이 아직도 생생한데 이별은 그날부터 하루하루 그렇게 오고 있었던 것이다.

그는 갔고 나는 남아 티끌 한 점 없는 하늘을 바라본다. 하늘이 빙빙 돌고 푸른 무지개가 뿌옇게 흩어진다. 그리고 산속 어느 절에 닿았고, 그의 명복을 부처님 앞에서 간절하게 빌었다. 물기 어린 노을 속으로 그는 갔다. 그림자도 없이 그가 갔다. 목멘 슬픔만 남겨 놓고.

이 글은 어느 날의 내 일기 한 부분이다.

1970년대 초에 카다피는 육군 장교로 정권을 잡은 이후 국민을 위해 문맹률을 40퍼센트로 감소시키며 여성에게도 자유라는 권한을 주며 사회를 개혁하는 정치를 하였다. 그러던 그가 친위부대를 두고 자신이 중심이 되어 무엇이든 마음대로 하는 장기집권 강압통치를 하기 시작했다. 그러나 자신의 권력을 마음껏 휘두르다 결국 성난 국민에 의해 쓰러지고 개처럼 죽었다.

보도에 의하면 그의 최후는 고향 근처 하수관이었다고 한다. 그의 비인간적인 지난날의 행적, 부도덕함을 보기 위해 마지막 생존 장소였던 하수구 근처에 최근 야유와 비난을 하는 관광객이 몰려든다고 한다. 이렇게 권력을 남용하는 자들의 최후는 자살, 총살, 투옥, 망명 등으로 이어진다.

어느 해 산둥반도를 한 바퀴 돌아본 적이 있다. 남한의 1.5배인 넓은 산둥반도를 차로 달리고 달리다 내린 곳은 제남시 어디쯤에 있는 박물관이었다. 시멘트로 지은 엉성하기 짝이 없는 평범한 건물인데 그 안으로 들어갔더니 어마어마하게 큰 지하묘였다. 아직 밝혀지지 않은 제나라 때 어느 왕의 무덤이란다. 왕과 왕비의 관이 있는 곳을 지나니 사람과 말의 뼈다귀들이 나란히 누워 있다.

왕이 죽어 함께 묻은 것인데 사람과 말이 누워 있는 형태 그대로 썩어 뼈만 남아 있다. 그 당시의 국가는 절대왕권 체제였으니 산천도 백성도 다 왕의 것이기에 이렇게 무자비하게 산 것들을 매장했겠지만, 생매장된 자의 남은 가족들은 얼마나 왕을 원망했을까. 한많은 세상을 저주하면서 서러운 평생을 살았을 것이다.

이런 세월을 지나면서 사회구조가 왕을 향한 수직적 개념의 왕권 체제에서 모든 사람이 평등하다는 수평적 개념의 관계로 설정되는 민주주의 사회가 이루어졌다. 그리고 민주주의 국가에서 권력을 가진 자는 재정문제를 다룰 수 있는 권한을 가지게 된다.

그러다 보니 권력의 촛불을 높이 들어 밝히면 그 불을 향한 불나방들이 모여들게 마련이다. 수십 년간 뉴스나 신문지상에서 끊임없이 보도되는 것은 누가 누구의 줄에 서서 바치고 빼앗고 하는 것들이다. 크든작든 권력을 취한 자들이 개혁과 발전이라는 이름으로 주변의 상황을 고려하지 않고 국민의 뜻을 헤아리지 않은 채 모든 일을 자신의 이익에 의한 생각만으로 침망하는 경향을 보게 된다.

이럴 때 국민들은 배신감, 굴욕감을 가지게 되고 권력자의 측근에 있는 사람들로부터 발생한 말들을 토대로 위정자를 '벌거벗은 임금'으로 만들며 차기 권력취득 기회를 기약하지 않는다. 권력을 가졌다고 해서 자신을 중심에 놓지 말고 마음을 열고 자신을 세워준 국민을 항상 중심에 두고 생각해야 한다. 국민이 행한 일이 다소 미흡하다 할지라도 그들의 생각을 받아들이고 헤아리며 존중하는 따뜻한 마음을 가져야 한다. 서로 소통한다면 국민의 굴욕감도 잦아들게 되고 통치자는 존경을 받지 않을까.

위에서 세 종류의 죽음을 보듯 삶이란 꼭 사냥용 부메랑 같은 것이어서 항상 결과가 제게 되돌아온다는 것을 잊어서는 안 된다. 자기중심적 권력남용에서 벗어나 권력자나 국민이 서로 사회 안에 존재한다는 공생의 관점에서 관용과 대화로 서로를 인정해야 한다. 그러면 권력자는 더욱 존경을 받게 되리라. 사람은 결국 어떻게 사느냐에 따라 결과론적으로 인과응보적인 삶이 전개되고 죽음 역시 그것에 합당한 결과를 낳는다는 것을 우리는 보았기 때문이다.

새로운 재도약의 출발점

문화란 그것을 정의하려는 사람의 숫자만큼 많다고 말한다. 왜냐하면, 문화는 고립된 개인의 산물이 아니라 상호작용하는 사람들이 공존하는 사회 속에서 만들어지고 끊임없이 진화하는 것이기 때문이다. 생존을 위한 인간의 강력한 도구로서의 문화는 인간의 정신 속에서 존재하기에 끊임없이 변화하며, 소멸하고 생성된다. 그러기에 어느 시대이든 전승되는 문화와 새로 생성되는 문화가 항상 공존하게 되는 것이다.

사람들의 상호작용으로 생성된 문화를 사회적 관점에서 볼 때 일반적으로 예술 쪽 그 먼 어딘가에 속해 있는 것으로 인식하면서, 그런 것들이야말로 일상생활에서 꼭 필요한 것은 아니며, 없어도 사는 데는 아무 지장이 없다고 생각하는 부류도 상당수 있다.

문화가 민간에서 생성된 것이기에 하찮다는 인식은 아마 관존민

비의 의식에서 싹튼 것이 아닐까 생각된다. 그러면서도 사회지배층들은 체제를 유지하는 헤게모니적 기제로 대중문화를 이용하기도 한다. 문화는 부드러운 것이어서 용맹스럽게 사회지배층에 정면으로 대항하지 못하므로 권력의 상층부를 차지하지는 못하지만, 각각의 개인의 마음속에 스며 살기 때문에 생명이 길어서 결코 사라지지 않는다.

각종 문화가 무력을 행하지는 못하지만 끈질긴 부활능력이 있는 것이기에 항상 조심스럽게 다루고 존중해야 한다. 문화를 정치적 측면에서 볼 때도 마찬가지이다. 문화란 심심한 사람들의 시간 죽이기 정도로 인식하는 박제된 의식을 깨야 한다. 그리고 좀 더 부드럽고 폭넓게 우리 사회에 속속들이 파고들어 있는 문화를 알아보고 개발해야 한다. 문화란 집단의 공유물로서 언어라는 특별한 매개체를 가지고 지역을 구별하지 않고 떠돈다.

"문화영역이 산업으로서 경제성장을 이끄는 역할도 가능하다."라는 연구결과에서도 보듯이, 세상을 조망하는 큰 눈을 가지고 문화를 보면서 우리 지역구민을 위한 문화행사에 아낌없는 지원을 할 수 있는 포용력을 가져야 한다. 결국 그것은 우리 지역의 경쟁력을 높이는 일이 된다.

도시전략으로 트라이포트, 나아가서 펜타포트를 내세우는 인천은 하늘과 바다로 세계와 연결되는 우리나라의 출입구이다. 이런 편리한 교통망의 요충지인 인천 시민의 문화수준을 높이는 일은 곧 문화국가를 만드는 밑거름이 되는 것이기에 정책적으로 아낌없이 지원해야 할 필요충분조건이라 생각된다. 새로운 문화사업이 하나의 마디를 뛰어넘는 전환점이 되어 인천의 문화향상을 위해 다시 한 번 도약하는 계기가 되기를 기대해 본다.

  새로운 문화예술 사업은 시민의 정서에 싱그러운 향기를 불어넣어 줄 뿐만 아니라, 경제성장의 원동력이 됨을 인지하면서 문화 속에서 한 송이 정치라는 아름다운 꽃을 피우기 바란다.

스펀지와 여성

스펀지

일반적으로 생각할 때, 스펀지는 더러운 것을 닦는다, 물기를 빨아들인다 등의 일을 한다. 즉 일반적으로 침구, 방석, 청소용구, 목욕용, 화장용, 의료용 등으로 쓰인다. 우리가 주로 스펀지에 대해서 아는 바는 이런 것이다. 스펀지의 역할을 더 빛내 주기 위해 퐁퐁이라도 몇 방울 떨어뜨리면 그것은 열심히 무엇이든지 반들반들할 때까지 닦아낸다. 이런 일들은 스펀지 자신을 위한 것은 아니며 누군가를 위해 일을 하고 그 자신은 닳아지고, 추해지고, 기능을 상실하고, 드디어 버려지고, 그 버림을 아무도 서운해하지 않은 채 잊어버린다.

스펀지는 일만 하다 스러진다 해도 단 한 번도 이견을 내놓는 법이 없다. 도망도 가지 않고, 거기에 붙박여 종의 자격으로 지낸다.

어쩌다 쉬기도 하지만 자신의 의지와는 상관없이 인간이 쉬고 싶을 때 쉬도록 강요받는 것이다. 인간이 스펀지를 그런 목적으로 이 세상에 만들어낸 것이지만, 그래도 난 거기에 희생이라는 말을 부여하고 싶다. 희생! 이런 입장에서 스펀지와 여성은 비슷한 점이 있다.

여성

남성이 만들어 놓은 전통적인 구조로서의 이 사회는 세뇌를 통해 가부장적 개념이 당연시되어 온 남성 중심적이다. 냉혹하게 말해서 심리적 안정을 찾으려는 남성의 욕망이 폭력적으로 작용한 것이라 하겠다. 아리스토텔레스는 "여성은 어떤 특질들의 결핍으로 여성이 된다."라고 말했고, 성 토마스 아퀴나스는 "여자란 불완전한 남자"라고 말했다.

게다가 우리나라는 '남존여비', '여필종부', '삼종지덕' 등의 사고방식이 있다. 여기서 "남자는 남자다", "아무리 해봐도 여자는 여자다"라는 당연한 현실성을 가장하는 동어반복적 사고를 만나면서 "남자는 이성적이고 여성은 감정적이다" 등의 지배적 이데올로기와 결부되어 우리들의 집단무의식이 형성되었다. 그러면서 사회의 구성원들이 맹목적으로 믿는 사회적 신화가 되고, 누구도 가감 없이 인식해 버린 채 지속적으로 교육되어 남성은 지배적 · 능동적 · 여성은 종속적 · 수동적인 존재로 굳어지게 되었다.

따라서 남성은 주체로서 기능하는 반면 여성은 남성 욕망의 대상으로 존재하는 것이 당연시되었다. 이것은 롤랑 바르트가 『신화학』에서 말했듯이 "한 사회의 구성원들이 맹목적으로 믿고 있는 사회적 신화"가 되어 누구도 가감 없이 그대로 인식해 버린다는 뜻이다. 그리하여 우리가 영화를 볼 때나 어떤 종류의 책을 읽을 때에 자주 부딪치게 되는 문제로서 남성은 지배적 여성은 종속적이고, 능동적 여성은 수동적으로 그려짐으로써 남성은 주체로서 기능하는 반면, 여성은 남성 욕망의 대상으로만 존재하는 경우가 많다.

이런 사회구조 안에서 여성은 가사노동이라는 지루하고, 무의미하고, 반복적인 가사영역 안에 속해 있어야 한다. 여성을 가두어 놓음으로써 심리적 안정을 찾으려는 남성심리가 무시될 수 없는 것이다.

게다가 그 안에서는 또 한 가지 모성으로서의 여성을 우선시하고 있다. 여성을 희생시킴으로써 안정을 찾으려는 가족 구성원들의 심리가 작용하기에 여성은 희생을 강요당한다.

다시 말해서 남성중심 사회에서 여성은 아내로서(노동 기능으로서의 woman(여자)), 생산보육자로서(생물학적 기능으로서의 여성 female(암컷)), 그런 틀 안에 갇혀 정지된 시간 안에서 살게 만들어 놓았다는 것이다. 그 좁은 영역 안에서 여성은 스펀지처럼 가족을 위해 닳고 추해지고, 시간의 흐름에 따라 모성으로서도, 여성으로서도 별 가치가 없는 존재로 변해간다. 스펀지가 말없이 누군가를 위해 일하다 닳아 없어지듯 여성 또한 가정 안에서 닳아 없어지는 것이다. 희생!

참다운 세상 잘 보기

1883년 인천이 개항되면서 일본을 비롯한 미국, 영국, 독일, 러시아, 네덜란드, 벨기에, 프랑스, 중국 등 많은 외국인이 들어오게 되었다. 1901년 지금의 자유공원인 응봉산자락에 러시아인 사바틴의 설계로 외국인을 위한 사교장인 제물포구락부를 건립하게 되었다. 그리고 6월 22일 주한 미국공사 알렌 부인이 열쇠로 출입문을 여는 것을 시작으로 외국인들의 본격적인 활동이 시작되었다. 그 당시 16개국의 외국인이 모여 독서를 하거나 차나 술을 마시며 당구를 치고 무도회를 열거나 테니스 경기를 하였다.

인천의 국제적 성격을 상징한다는 점에서 제물포구락부는 1993년 7월 6일 인천광역시 유형문화재 제17호로 지정되었으며, 2006년 새롭게 단장하고 현재 인천광역시 문화원협회가 관리하고 있다. 인천광역시 문화원협회는 건립 당시를 기념하기 위하여 영국을 필

두로 러시아, 이탈리아, 독일, 미국 등의 국가들과 문화교류 행사를 펼쳐 왔다. 2011년에는 '프랑스의 해'로 정하고 각종 문화교류 행사를 진행하는 중이다.

9월에 개최한 이 프로그램은 '프랑스 동화 속의 주인공 되기'였다. 『어린 왕자』『신데렐라』『장화를 신은 고양이』『빨간 모자』등 프랑스 동화책을 주제로 하여 주인공이 입었음직한 옷과 모자, 장화 등을 마련하여 어린이들에게 입히고 사진을 찍는 행사였다. 잠시라도 동화 속의 주인공이 된 아이들은 이런 체험을 통해 행복해했다.

이 프로그램은 청소년들에게 흥미 있는 독서를 장려하는 것을 목적으로 하였으며, 또한 DVD 상영으로 어린이에게는 책의 내용뿐만 아니라 시청각의 즐거움을 주기도 했다. 아이들과 부모는 바닥에 늘어놓은 동화책들을 쭈그리고 앉아서, 혹은 다리를 뻗고 앉아서 읽거나 읽어주었다. 이 프로그램은 한 달 동안 진행되었고 행사에 참여한 인원은 5,962명이었다.

국제교류 행사는 11월 30일까지 이어지는데 국내외 저명 문화 예술인 초청 세미나, 유네스코 세계무형 문화유산에 등재된 회원국의 전통 음악과 민속춤 등을 소개하는 자리를 마련하여 다양한 문화교류를 하게 되고, 또한 전국 대학생 상송대회도 마련되어 있다.

그러나 우리가 동화체험에 많은 시간을 할애하는 데는 어린이는 물론이지만 어른들을 위해서이다. 동화는 어린이가 잘 이해하도록 어린이를 위해 쓴 산문문학이다. 그러나 동화는 어른이 반드시 읽어야 할 필독서라 생각된다. 세상을 오래 살면서 어른들은 많은 것을 경험했기에 이해력이 깊은 이유도 있겠으나, 미묘하고 섬세한 뉘앙스로 가득 차 있는 작품의 예술성을 깊이 이해할 수 있는 능력이 있는 사람은 다름 아닌 어른들이기 때문이다.

또한 어른들은 일상의 삶을 이어가는 게 많이 고달프다 보니 웃음을 잃기 십상이어서 그들은 반드시 위로를 받아야 마땅하며, 이런저런 일상의 스트레스로 인해 순수한 아이들의 심성으로부터 멀리 떨어져 있어 순수성 회복에 도움이 되기 때문이다. 안경에 먼지가 많이 묻어 있으면 사물을 선명하게 볼 수 없다. 이 세상을 살아가면서 세파에 시달린 마음에는 먼지가 많이 끼어 있게 마련이다. 이런 마음으로는 세상이 잘 보이지 않아 삶의 진로를 찾아야 할 때 올바로 갈 수 있는 방향을 잡지 못할 수도 있다.

어른들은 어렸을 때 읽었든 혹은 들어서 알고 있든 이야기를 자신의 개인적인 추억으로 들어가 단순히 재미있게 읽는 것도 순간적으로는 좋겠지만, 또는 자신들의 아이들에게 교육해야겠다는 부모의 입장에서 읽는 것도 좋겠지만, 그렇게 읽기보다는 보다 자신에게 충실하면서 심도 있게 읽어야 할 것이다.

사람이 죽으면 구만리 장천에 간다고 한다. 이는 삶의 길이 끝없이 멀고 험한 것을 비유적으로 이르는 말이다. 구만리 장천에는 등이 넓어서 그 너비가 몇천 리가 되는지 알 수 없고, 하늘을 덮을 만큼 큰 날개로 날면 파도가 3천 리에 이를 정도로 대단한 바람을 일으키는 붕(鵬)새가 날아올라 갈 수 있는 곳이다. 이토록 멀고 아득한 거리를 보폭이 자기 어깨너비 정도밖에 되지 않는 인간이 걷고 또 걸어 종당에 가는 곳인데, 그 멀고도 긴 인생의 길에서 느끼게 되는 각박함은 이루 말할 수 없다.

동화책을 읽고 그것을 통해서 절박한 마음이 달고 시원하게 해소되었으면 좋겠다. 눈이 번쩍 뜨이는 심정으로 이 세상을 보게 되면 험난한 삶의 길을 잘 피해 갈 수 있는 지혜를 얻을 수 있다. 삶의 여정을 아름답게 펼쳐진 길로 택하는 데 도움이 되지 않을까 바라는 마음이다.

토박이 문학의 세계화

오늘날 한국은 경제나 스포츠에서 선두 중진국의 위치를 차지하고 있다. 그뿐인가. 세계적인 한국인 예술가들도 여럿이다. 세계 최초로 비디오 아트의 신세계를 개척한 백남준, 바이올리니스트 정경화, 열다섯 살 어린 나이에 세계인을 감동하게 한 장영주, 마에스트로라는 존칭을 받은 지휘자 정명훈, '신이 내린 목소리'라고 극찬을 받은 소프라노 조수미 등 이들은 분명 세계 최고의 예술가들임이 틀림없다.

하지만 세계인들의 인식이 우리의 문학에는 이르지 못하고 있다. 세계 문학계에 한국인의 진출이 저조해 그 인지도가 아주 미미한 형편이기 때문이다. 가장 한국적인 것이 세계화 시대에서 긴 생명력을 가질 수 있다고 판단한다면, '한국 토박이 문학의 세계화'는 국제화 시대를 맞이한 우리가 해결해야 할 가장 절실한 문제이다.

먼저 토박이 문학의 세계화를 위해서는 지방성과 함께 보편성을 갖춘 뛰어난 원작이 많이 나와야 한다. 또 토박이 문학이 생명력을 얻기 위해서는 이념상의 특징을 선명하게 내세울 필요가 있다. 지역적 토대에 뿌리박혀 있는 독특한 문화적 전통을 캐내 그것을 창조적으로 심화시켜 드높은 문학정신의 지방색을 보여주어야 한다.

서구적인 것에 현혹돼 기이한 '새것 콤플렉스'에 휘말리거나 유행 사조의 물거품 속에서 허우적거리게 되면 토박이 예술의 이념적 세계에 대한 확신이 흔들리고 만다. 이뿐만 아니라 전통문화에 대해 올바른 역사 생성적 지향이 불가능하게 된다. 물론 이 말은 고유정신을 계승해 그것을 창작상의 이념으로 삼거나 문화적 전통을 되살리자는 식의 폐쇄된 트리비얼리즘을 추구한다는 것은 아니다. 그러한 편협한 트리비얼리즘의 추구는 오히려 보편적 이념으로서의 확대를 가로막는 야만스런 편견에 빠질 위험성이 있다.

면면히 흘러내려온 정신의 물줄기를 현재의 지역적 토박이 삶의 현장에 끌어들여 가치 있는 이념으로 살아 움직이게 하면 생동감을 획득하는 토박이 문학이 될 것이다. 이러한 토박이 문학을 우리는 세계에 알려야 한다. 사실 우리가 우리나라 말로 글을 아무리 많이 써봤자 세계인들은 그것을 모른다. 문학은 언어라는 특수한 장치를 통해서만 이해되기 때문에 번역이라는 통로를 통해서만 외국에 알리는 것이 가능하다.

처음 외국어로 번역을 시작할 무렵에는 주로 영어, 독일어, 불어, 스페인어 등의 언어권에 국한돼 있었다. 하지만 요즘에는 아랍어, 스웨덴어, 우크라이나어, 베트남어 등의 언어로 번역, 우리 문학의 세계화가 촉진되고 있다. 특히 문학적 교류가 거의 없는 아랍권에 김동인의 「감자」 등 1920~1950년대에 발표된 한국의 단편소설 10편이 아랍어로 번역되어 출간됐다. 하지만 사실 이것은 미미한 수준에 불과하다.

결국 한국문학의 세계화는 번역이라는 통로를 거치지 않을 수 없기에 우리 문학을 해외의 독자들에게 연결해주고 우리 문학을 세계의 문학으로 이입시키는 창조적인 역할을 담당하는 데는 번역가가 중요한 역할을 한다. 세계화가 하나의 대세로 자리 잡은 이 시대에 번역을 통한 해외소개 확대는 한국문학이 한 단계 상승할 기회라고 할 수 있다. 이 때문에 좋은 번역가를 찾아내고 양성하는 것은 매우 중요한 일 중 하나다.

또한 번역돼 출간된 책의 홍보에도 힘을 써야 한다. 번역원이든 단체든 민간차원이든 간에 잘 번역돼 미국이나 유럽의 유명한 출판사에서 간행됐다고 하더라도 책을 홍보하지 않으면 외국의 독자는 알 수 없다. 한국의 소설가나 시인이 세계를 돌아다니면서 자신의 번역된 작품을 홍보한다는 것도 언어의 장벽이 있기 때문에 생각하기 어려운 일이다. 이 같은 문제는 결국 펜클럽, 번역원, 한국문화예술위원회 등 관련기관이나 번역 사업을 의욕적으로 추진하고 있는 대산문화재단 등에서 해결할 수밖에 없다.

여기에 정부와 관련기관에서는 현지인들에게 한국문화에의 향수를 달래주는 일을 여러 사업 중의 하나로 활발히 시행하는 것도 좋지만, 외국에 있는 우리나라의 각 관련기관에 문학 전공자를 파견해 한국문학의 소개와 홍보만을 전담할 수 있게 해야 한다. 무엇보다 다른 나라에 비해 아직은 적은 분량의 작품이 번역된 우리로서는 '한국문학의 세계화'가 지금부터라는 것을 인식해야 하는 것이 중요하다.

호박꽃

　며칠 전 개인적인 일로 지방에 갔다가 비닐하우스 안에서 호박농사 짓는 것을 보게 되었다. 물론 내 방식과 확연히 다른 방법이었지만 호박꽃을 보는 순간 거의 잊었던 추억 한 토막이 떠올랐다.

　1970년대에 나는 대전에서 살았다. 셋방살이로 두세 번 이사하다 용문동에 와서야 내 집을 마련하였다. 10여 년 사는 동안 대전이 우리나라의 중간쯤이라는 지리적 조건 때문에 서울에서 경상도나 전라도 쪽으로 오가는 문인들은 으레 우리 집에 들러 먹고 마시고 자고 가 무던히도 손님을 많이 치렀던 시절이기도 했다.

　용문동 시절 마당 한쪽에 화단 옆 보도블록 두어 개를 들어내고 깊이 판 다음 변소 푸는 아저씨에게 부탁하여 거기다 인분 한 바가지를 붓고 묻었다. 겨울을 나고 그 위에 호박씨 몇 개를 심었다. 호박넝쿨은 시멘트 벽돌 담장을 타고 잘도 자랐다. 호박꽃이 무수히

피었고, 아침마다 나는 수꽃을 따서 암꽃에 수분을 해주었다. 벌 나비가 오죽 잘 알아서 하련만 그래도 나도 한 축 거들었다.

그 덕분인지는 몰라도 암꽃에서는 거의 모두 호박이 맺었다. 두 줄기 올린 넝쿨에서 어찌나 많은 호박이 달리던지 동네 사람이 모두 따먹어도 남을 정도였고, 가을에 늙은 호박도 몇십 개 거두었다. 감히 농사라고 말하고 싶을 정도로 수년을 이렇게 호박에 심취하였다. 지금도 호박꽃을 보면 반갑고 걸음을 멈추게 되고, 마치 고향 친구를 만난 듯 미소를 지으며 한참 동안 바라보기도 한다.

비단 나만 그런 게 아니라 호박꽃은 우리 민족의 오랜 역사 속에서 깊은 애환을 지닌 서정의 꽃이 아닌가 생각된다. 돌담이나 울타리 혹은 자투리땅, 밭두렁 어디에서나 피고 지는 꽃이기에 어머니의 향기를 느낀다. 가난하던 시절에 먹을거리를 제공해 주던 꽃. 이렇게 흔하고 아무렇게나 내버려 두어도 잘 피는 호박꽃을 보면 언제나 생각나는 시인이 있다. 눈물의 시인 박용래 선생이다.

선생을 처음 만난 것은 1970년대 초반이다. 그분은 생각마다, 보는 것마다 눈물을 흘리셨다. 그분은 오류동에 사셨고 우리는 용문동이라 그리 멀지 않은 거리였다.

그래서 주말이면 제일 먼저 우리 집에 오셨다. 현관 마루 끝에 걸터앉으면서 "이 선생 있나?" 물었지만 몇 개월 지나면서는 그것조차 묻지 않으셨다. 그 당시 그분은 토요일 오후와 일요일이 되면 휴가를 보내게 된다. 간호사로 직장에 다니는 부인을 대신해서 가사 일을 하니 그럴 수밖에 없다.

"나 노는 게 아냐. 나도 일 많이 한다구. 아이들도 기르고 밥도 하고. 우리 막내아들 내가 길렀잖아. 나도 주말이면 술도 먹고 쉬어야 해."

우리 집에 오시면 항상 첫마디가 그랬다. 그러곤 또 울었다. 아마 일주일 동안 울음을 참았었는지도 모른다. 그분이 울기 시작하면 잠시 후에는 눈물이야 콧물이야 얼굴은 온통 무슨 물로 범벅되어 버린다. 그래서 난 항상 주말이면 수건을 준비하곤 했었다.

여러 해 동안 이런 일은 반복되었고, 호박꽃을 보면 더 슬프게 엉엉 소리까지 내면서 우셨다.

"왜 너는 호박을 기르니? 왜 니 호박꽃은 저리도 이쁘니? 홍래 누님 보는 것 같아."

"호박 좀 따 드릴까요?" 물으면 "아니, 난 그저 보면 돼, 우리 홍래 누님 보듯이……." 하면서 내가 호박 좀 드리겠다는 말에 또 운다.

그분의 우는 모습을 처음 보았을 때는 몹시 당황했었지만 그것도 여러 해가 지나면서 터득한 것은, 울고 싶을 때까지 울게 내버려 두는 일이었다. 막걸리라도 한 잔 받아 드리면, 물론 막걸리를 마시면서 또 우신다. 왜 우느냐고 물으면 홍래 누님을 부르며 또 우신다.

고향엘 자주 다닌 이유인지 아무튼 그 시절 우리 집에 자주 오던 소설가 이문구 씨는 내가 어렴풋이 알고 있는 그분의 우는 사연을 정리해 주었다.

선생은 막내로 태어나다 보니 어머니가 늦은 나이였고, 부모가 늘 바쁘다 보니 여남은 살 손위누님 손에서 자랐다. 똑똑하고 재주도 많아 공부도 그림도 뛰어나고, 들어가기 어렵다는 강경상고에 입학도 했고, 졸업 무렵 그를 키운 누나가 강 건너 마을로 시집을 갔다는 것이다.

엄마 같은 누나를 잃은 슬픔이 너무 컸는데, 그 누나가 아이를 출산하다가 사망했다는 것이다. 하늘이 무너지는 충격이 그에게 왔고 그때부터 눈물보가 터져 지금까지 운다는 것이다. 은행에 취직해도, 교사가 되어도 눈물 때문에 오래 지속할 수가 없어 이제는 가사 일을 하며 시나 쓴다고. 박용래 시인은 평생을 그리워한 누님의 시집가는 모습을, 내가 수없이 들은 이야기를 이렇게 쓰고 있다.

누님은 만혼이었다.
스물여덟이던가, 아홉.
선창가 비 뿌리던 날
강 건너 마을로 시집갔다.
목선을 타고

목선에 오동나무 의걸일 싣고
그 무렵 유행하던 하이힐 신고
눈썹만 그리고 갔다.

박용래 선생의 기억 속에 홍래 누님의 마지막 모습일 수 있는 이
장면은 그가 1980년 세상을 떠나기 전까지도 선명하게 남아 있었던
것 같다. 어느새 습관이 되어버렸는지 그분 떠나시고 주말이 되면
나도 눈물을 흘렸다. 아주 오랫동안. 다소 바보처럼 악의없이 벙글
벙글 웃고 있는 호박꽃, 벌 나비들이 뭉텅뭉텅 드나들어도 상관없
을 것같이 크고 너그러운 호박꽃. 내게 호박꽃은 눈물 그렁이며 추
억 속에서 헤매는 박용래 선생을 떠올리게 한다.

배려

배려; 이희승 편『국어대사전』에서 배려란 낱말의 의미를 찾아보면 "이리저리 마음을 씀", "근심하고 걱정함"이라고 풀이를 하고 있다. 또 인터넷 사전을 보면 "도와주거나 보살펴 주려고 마음을 씀"이라 적혀 있다.

우리가 일상생활에서 '배려'라는 낱말을 사용할 때는 주로 그 의미가 "이리저리 마음을 씀"이거나 "도와주거나 보살펴 주려고 마음을 씀"일 경우가 많다. 이 경우 물론 배려란 자신의 학식을 베푸는 것도, 자신의 지위를 베푸는 것도 아니다. 그저 남의 상황을 걱정하는 마음의 발로에서 자신의 마음을 좀 써준다는 것뿐이다. 그러기에 가만히 보면 '배려'란 결국 '사랑'이란 의미를 담고 있는 말이라 생각된다.

작은 의미로는 개인적으로 잘 아는 사이에서 이 배려의 행위가 이루어지게 된다. 내가 다소 귀찮거나 불편한 점이 있어도 그에게 도움이 될 수 있는 일이라면 그를 위해 어떤 작은 일을 하게 되는 경우이다. 이런 종류의 일은 누구나 살아가면서 종종 겪는 일일 것이다. 그러나 때때로 우리는 이런 이웃 간의, 혹은 친구 간의 배려의 의미가 아닌 보다 큰 덩어리로서, 배려를 핑계 삼아 어떤 일이 행해짐을 보게 된다.

예를 들어 불우이웃을 돕는다든가, 홍수가 났을 때라든가 등등 그들을 위해 모금을 하는 것을 본다. 어려운 상황에 부닥쳐 있는 사람들에게 조금이나마 도움이 되어주기 위해 온정을 베푸는 것인데, 이런 경우 사회의 어떤 특정한 단체가 기부(寄附)하는 그런 일련의 행동들을 보게 된다.

물론 이러한 종류도 배려라는 측면에서 볼 때 곤란한 그들에게 도움을 주는 것이기에 사회에서는 아름다운 이야깃거리를 만들어 낼 수도 있다. 그러나 이런 배려는 불특정 다수에게 기부자가 무언가를 주었다는 하나의 사실만을 강조하는 일이 되는 경우가 많다. 홍수에 살림살이가 다 떠내려가 냄비도 불도 물도 없는 사람들에게 여기저기서 라면을 보내줄 때, 이것은 기부자들의 이기적인 계산이라고 말할 수 있어 배려와는 각도가 다르다 하겠다.

어떤 계산적인 의도를 가진 배려는 그것이 한량없는 친절을 내포한 것이라 할지라도 가식일 수밖에 없다. 그럴 때 제삼자는 이맛살을 찡그리기도 한다. 진정한 배려란 받는 사람과 베푸는 사람의 마음에 공감대가 설정되어야 서로가 즐거울 것이다.

그러나 배려가 꼭 '사랑'의 의미를 담는 것만은 아니고 어떤 부드러운 공존의 원칙 때문에 '의무'를 필요로 하기도 한다. 아주 사소하지만 중요한 것으로서 집단으로 모여 사는 아파트 같은 곳에서는 떠들지 말아야 하고, 발소리도 죽여 걸어 다녀야 하며, 밤에는 변기의 물도 내리지 말아야 하는 등등의 일이 있다. 어찌 되었든 이런 경우는 깨끗하게 다듬어진 교양 있는 언행으로 빚어지는 배려이다.

그런데 우리가 살면서 알게 되는 사람 중에 마음속에 자신 외에는 아무도 들이지 않는 사람들이 뜻밖에 많다는 것을 알게 된다. 천성이 그런 건지 아니면 경쟁적 개념에서 의도적으로 그러는 건지는 몰라도 아무튼 타인이란 없는 듯 행동하는 사람들이 있다. 게다가 그런 사람들은 누군가를 생각하고 그 사람의 입장을 말하는 사람조차도 오히려 바보 취급을 한다. 심할 경우 그런 사람들을 '아스퍼거 장애자(Asperger's syndrome)'라 하여 정신병자로 취급하기도 한다.

21세기는 발전에 발전만을 거듭하는 무한경쟁 시대라고 한다. 개인의 진정한 삶의 의미는 알지 못하거나 안다고 할지라도 내동댕이친 채 자신의 목표만을 향해 달린다면 유사 아스퍼거 장애자들이 득실거려 너무나 피폐한 사회가 되지 않겠는가.

살아남기 위해 경쟁만을 고집한다면 오늘날의 현실에서 나누고

베푼다는 것은 전혀 시대에 맞지 않는 가치로 보일 수밖에 없다. 21세기도 사람이 꾸려가는 세상인데 결국에는 '누구를 위한 무엇을 위한 경쟁이었나?'라는 회의만 남게 될 것이다. 경쟁은 남과 하는 것이 아니라 오늘의 내가 어제의 나, 그리고 내일의 나와 치열하게 비교하면서 자신을 발전시키면 되는 것이 아닐까.

타인과의 관계에는 일상에서 만나는 사소한 정으로 남을 좀 더 생각하는 것을 삶의 원칙으로 한다면 오히려 현재의 나 자신을 한 차원 높게 완성해 가는 일이 될 것이다. 나누며 베푸는 생활이야말로 직장이나 가정에서 가장 성공적인 삶을 사는 길이며 자신의 삶에 새로운 가치를 부여하는 일이다. 많은 사람이 어울려야만 살아갈 수 있는 사회구조 속에서 서로 도우며 공존하는 것이야말로 앞이 안 보이는 미래를 개척하는 길이고, 돌파구도 쉽게 찾을 수 있을 것이다.

남을 생각하고 걱정해주는 것이 결과적으로 내가 도움을 받을 수 있기에 바로 행복이다. 「성자가 된 청소부」로 우리에게 잘 알려진, 북인도 히말라야 지방에서 태어난 인도의 영적 스승 바바 하리다스가 그의 저서 『산다는 것과 죽는다는 것(To live or To die)』에는 등불을 든 장님 이야기가 있다.

등불을 들고 가는 장님에게 그걸 왜 들고 가느냐고 행인이 묻자 "당신이 나와 부딪치지 않게 하려고요. 이 등불은 나를 위한 것이 아니라 당신을 위한 것입니다."라고 대답했다. 이 행위는 어두운 길을 가는 사람을 위한 배려라고 하지만, 행인과 장님이 부딪쳤을 때 장님도 넘어지게 되는 것이기에 결국 그것은 곧 자신을 위하는 일이 될 것이다. 남을 생각하고 배려한다는 것은 곧 자신에게도 홍복이 되는 것이다.

따라서 배려란 가장 인간적인 사랑에 바탕을 두어야 한다. 사랑의 본질은 능동적인 것, 자신이 좀 불편해도 남을 위해서 스스로 행동하는 것, 그리하여 인간의 마음을 따뜻하게 하는 것이다. 다시 말해서 배려란 상대방의 상황과 환경을 잘 이해할 수 있고 도와줄 수 있는 마음을 가진 사람들 사이에서 이루어질 수 있는 그런 소단위 집단에서의 사랑의 행위이다. 아름다운 말 '배려'가 넘치는 세상을 꿈꿔 본다.

노르망디에의 추억

회합, 강연 등 이런저런 일들이 있어 지난달에 프랑스에 다녀왔다. 물론 내가 유학을 하여 지내던 루앙인지라 쉽게 허락할 수 있었다. 센 강이 도시 가운데로 흐르는 루앙은 프랑스 오트노르망디 주 쌩마리팀의 수도로서 71개의 시와 50만 명의 인구가 있는 오래된 도시이다. 그래서 유적도 많지만, 전에 없던 전철이 생기는 등 큰 변화가 있었다.

부활절이 있는 4월은 대체로 날씨가 좋은데 올해는 그렇지 않았다. 루앙의 날씨가 그렇듯 여전히 바람이 불고, 비가 내리다가 밝은 해가 나타났다가 그러기를 하루 내내 반복한다. 그러나 일반적으로 흐린 시간이 많아 회색 날씨라 볼 수 있다. 이런 우울한 날씨 탓인지는 몰라도 이곳 출신이거나 관련된 시인, 소설가, 화가들이 많다.

문학방면에 프랑수와 드 말레르브, 코르네유, 퐁트넬, 파스칼, 플로베르, 모파상, 빅톨 위고, 앙드레 지드, 프루스트, 보들레르, 구르몽 등이 있다. 노르망디 해변은 영화 '남과 여'의 무대가 된 도빌을 비롯하여 옹플뢰르, 트루빌, 카부르, 페캉, 에트르타 등이 있는 휴양도시로 뒤마, 뒤라스, 사강 등에게 문학적 · 예술적 영감을 고취시킨 곳이기도 하다.

화가 역시 손꼽을만한 사람이 많다. 1896~1898년 사이 루앙 풍경을 47점이나 그린 피사로, 모네의 스승 부르댕, 태양의 빛에 의해 시시각각으로 변하는 루앙 성당을 40점이나 그린 모네가 있다.

루앙 성당은 노르망디 지방의 수난 역사를 그대로 간직하다 보니 고딕양식, 플랑부아양양식 등 다양성이 어우러져 있는데, 내가 살던 때도 보수를 했었는데 아직도 하고 있다. 이렇게 노르망디 지방에는 오래된 성당이 많은데 654년에 건축된 쥐미에쥬 수도원이 가장 오래되지 않았을까 싶다.

모네의 집이 있는 지베르니가 루앙에서 그리 멀지 않기에 하루 틈을 내어 찾아갔다. 모네가 말년에 열정적으로 수십 점을 그린 수련들, 연못 위의 작고 예쁜 동양식 다리도 모두 그대로 있다. 노르망디 상륙작전이 행해지기도 했던 해안은 6백 킬로미터에 이르는 규모이다. 그곳에는 바닷가재, 홍합, 가리비 같은 조개류와 신선한 해산물이 풍부하다. 또 사과를 원료로 하여 제조한 칼바도스, 12세기에 만들어진 치즈 안제로, 특히 카망베르는 노르망디를 대표하는 치즈이다.

루앙에는 백년전쟁을 종결시킨 영웅이며 후에 악마로 몰린 잔 다르크가 화형당한 곳이다. 그의 잔해는 센 강에 버려지고 지금 그 자리에는 투구와 갑옷 모양의 잔 다르크 교회가 현대식 건물로 지어져 있다. 이 건물은 그 자체가 하나의 예술작품이라 할 수 있겠다. 한쪽 벽에는 드골 정부에서 국무상을 지낸 소설가 앙드레 말로의 추모글이 새겨져 있다.

1431년 5월 31일
오, 무덤도 초상도 없는 잔느여
영웅의 묘는 산사람의 마음에 있다는 것을 알았던 그대여

−말로

그런데 그곳에서는 월요일을 제외하고 매일 채소나 해산물 등을 파는 장이 선다.

4월은 프랑스 대통령 선거기간이었으나 거리는 조용하였다. 우리나라 선거운동 기간 중 들리는 요란한 유행가 소리, 누가 듣거나 말거나 떠들어대는 공약들, 운동경기장에서 응원하는 치어리더걸처럼 정신없이 흔들어대는 아줌마들 따위는 없다. 오가는 사람들에

게 고맙다고 인사하며 고작 전단지 한 장을 나누어 줄 뿐이다.

내게 투표권이 있다면 올랑드를 찍겠다고 했더니, 혹시 그의 참모로 활동하는 플뢰르 펠르랭 때문이냐고 동행하던 사람이 묻는다. 그녀에 대해서도 올랑드에 대해서도 아는 바 없지만 그의 슬로건이 맘에 든다고 했다. '변화, 바로 지금(changement, c'est maintenant)'. 결국 올랑드가 당선되었다. 그도 루앙에서 출생했다.

유학시질 소설가, 시인, 화가, 음악가 등의 생애 행적을 따라 노르망디 곳곳을 샅샅이 찾았었다. 어느 날 프루스트의 산책로가 있는 트루빌엘 갔었고, 그때 프루스트의 소설 『잃어버린 시간을 찾아서』에 나오는 마들렌 과자를 먹었다. 그때의 마들렌 과자가 느닷없이 생각나 빵집에 들러 색색 가지 마카롱을 샀다. 마들렌과 마카롱의 유사점이 무엇인지, 아무튼 그걸 먹으며 오랜만에 유럽에서 가장 오래된 기계식 큰 시계가 걸려 있는 루앙의 도심 비유마르쉐를 한가로이 걷는다. 다시 루앙에 오면 그때 무엇이 떠올라 어떤 것을 사게 될까.

2부

가을과의 만남

프랑스에서 여름을 보내는 동안 많이도 돌아다녔다. 파리 시내 이곳저곳을 다니다 보면 지하철을 이용하게 되는데 하루에도 몇 번씩 갈아타게 된다. 한두 정거장은 걸어도 되지만 많이 다니다 보면 다리가 아파 짧은 거리도 지하철을 타게 마련이다. 그래서 한 달 치 캬르트 오랑쥬(carte d orange)를 사가지고 편하게 다니게 된다(요즘엔 기간이 있는 게 아니고 우리나라처럼 카드를 사용한다).

한 달 치 캬르트 오랑쥬의 기간이 다 지났으므로 오늘 또 한 장을 샀다. 내가 이곳에 온 지 벌써 한 달이 지났다는 것이다. 20여 년에 걸쳐 여러 번 파리에 와보았다. 또 프랑스에서 몇 년을 살기도 했지만, 누구나 그렇듯이 늘 시간에 쫓기다 보니 파리에서 많은 것을 자세히 보지는 못했다.

언젠가 파리에서 오래 머물 수 있을 때가 온다면 한 번쯤은 도시의 외형보다 잘 알려져 있지 않은 보다 작은 박물관 등의 내부 전시물을 보아야겠다고 생각했던 터였다. 올여름은 두 달 이상 머물 수 있어 계획적으로 알뜰한 시간을 보내고 있다.

오늘은 먼저 로댕 박물관을 가기로 했다. 물론 몇 년 전에 두세 번 그곳에 가보았기에 내부는 보지 않고 정원이나 한 번 더 보려는 것이다. 아담하고 규모 있게 꾸민 그 정원에 가서 사진을 좀 찍은 다음 그르넬 거리에 있는 마욜 미술관(Musée Maillol)으로 가려고 한다. 마욜(Aristide Maillol, 1861~1944)은 로댕(Auguste Rodin, 1840~1917)과 동시대 사람이며 부르델(Antoine Bourdelle, 1861~1929)과 더불어 프랑스 3대 조각가로 알려진 사람이다. 그의 많은 작품을 좀 더 꼼꼼히 감상하고 싶었다.

나는 마욜의 작품을 좋아한다. 그는 35세 때 예상치 못한 실명 위기가 있었다. 그 후유증으로 아무래도 눈이 좋지 않아 정교한 작품을 만들지 않았는지 모른다. 그의 작품은 선이 부드러워 마음을 편하게 한다. 조각은 손으로 만져보며 감상해야 참맛을 느낄 수 있다고 한다. 아무튼 그의 작품들은 만져보면 사람의 살을 만지듯 부드럽고 매끄럽다.

로댕 박물관이나 오르세 미술관 등에 가면 카미유 클로델의 작품이 있다. 그 작품을 보면 매우 정교하다. 전문가들은 좋은 작품이라고 말할 수 있을지는 모르겠지만, 미술작품을 비평적으로 보지 않고 감각적으로 보는 나로서는 인간의 고통을 적나라하게 표현해서 마르고 뒤틀리고 힘겨운 듯해, 보고 나면 나도 모르는 사이 너무 긴장되어 힘이 들고 마음이 편치 않다.

메트로를 타고 또 갈아타고 하여 마욜 박물관에 도착하였다. 먼저 그의 그림이 전시된 방으로 들어갔다. 내가 생각한 것은 주로 그의 조각품이었는데, 많은 그림과 고갱의 원근법을 무시한 새로운 화풍에 영향을 받은 그의 사상 때문일까. 어찌 되었든 실명 전에 그가 심취했던 원근법을 무시한 타피스리(tapisserie)를 볼 수 있게 된 것은 뜻밖의 수확이었다.

천천히 그의 작품을 보면서 소박하고 푸근한 느낌을 받았다. 젊은 여인의 육체를 표현했는데, 그것은 여인의 아름다운 포즈와 건강미를 담고 있어 평온하고 단순하면서도 역동적인 밝은 분위기를 보여준다. 마욜은 조각을 통해 자신의 예술혼을 불태울 수 있었는데, 그의 작품 〈드 프랑스〉 〈강〉 〈대기〉 〈밤〉 〈플로라〉 등에서는 생명감이 넘치며 자연의 윤택함과 풍요로움을 보여준다.

특히 앙드레 지드가 조각의 부활이라고 찬미했던 저 유명한 〈지중해〉는 선과 표면이 단순하고 아름다우며, 차분히 가라앉은 듯 조용한 맛이 있다. 그리고 중후한 기품을 보여주면서도 여성의 육감적인 볼륨을 잘 살려 균형미를 느끼게 한다. 정적인 여성의 신체를 통해 자연의 신비와 풍요를 이야기하려 했던 것이리라.

"우리들의 시대는 이미 신을 필요로 하지 않는다. 내가 할 수 있는 일이란 단지 자연을 따르는 것이다."라고 그가 말했듯이 그가 표현하는 여성은 기존의 조각품들처럼 신화 혹은 성서에 나오는 특정한 인물이 아니고 주위에 있는 평범한 여성이다. 그에게 있어서 예술의 목적은 우주의 근원과 보편적 진리와의 조화를 꿈꾼 것이 아닐까 생각된다.

오후 내내 그의 그림과 조각품들을 하나하나 보면서, 만지고 느끼면서, 혹은 그려보고 싶다는 생각을 했다.

시간 가는 줄 모르고 있었는데 어느새 문 닫을 시간이 되었다. 밖으로 나와 숨도 돌릴 겸 걸어서 오르세 거리까지 왔다. 센 강을 끼고 이곳저곳 천천히 걷기도 하고 서 있기도 하였다. 멍한 머리는 좀 개운해지는 듯했지만 몹시 피곤했다.

한 공간 안에서 너무 오랜 시간을 보냈고, 더운 날씨에다 온종일 서 있었던 때문인지 힘이 들었다. 그동안 하루도 쉬지 않고 돌아다녔다. 아무튼 너무나 피곤하여 마치 땅속으로 매몰되는 듯했다.

다시 메트로를 타고 개선문으로 왔다. 좁고 오래된 지하철 계단을 통해 에투와르 광장으로 나왔다. 이 근처에는 레마르크의『개선문』에 나오는 푸케(Le Fouquet's)라는 찻집이 있다. 그곳으로 갔다. 레마르크는 푸케를 찾아가 칼바도스를 즐겨 마셨지만 나는 드미(demi) 한 잔이 생각났다.

사실 나는 맥주를 좋아하는 편은 아니어서 프랑스에 와서 한 번도 카페에서 드미를 마신 적이 없다. 그러나 지금 바로 드미를 마시려는 것은 노천 카페에 앉아 오가는 사람들을 바라보고 있노라면 술로 인해 피로가 풀리지 않을까 하는 생각에서였다.

약 2주 동안 35~36도를 오르내리는 찜통더위였다. 프랑스에 몇 년 살면서 이곳의 여름을 여러 번 경험해 보았지만 올처럼 더운 때는 처음이었던 것 같다. 하기야 1세기만에 온 더위라고들 한다. 프랑스뿐만 아니라 이 지구가 올해는 그렇게 덥다고 한다. 그러던 날씨가 어제부터 조금씩 수그러들더니 오늘은 전형적인 파리의 여름날씨로 돌아왔다.

지하철에서 내려 개선문을 돌아 슬슬 걸어서 푸케에 도착하였다. 거리에 내놓은 테이블에 앉아 맥주 한 잔을 시켰다. 드미 한 잔이 내 앞에 놓였다. 거품도 컵 위로 흘렀다. 그 거품을 무심히 바라보는데 색깔이 불그스름하게 변하는 듯했다. 사방을 둘러보니 온천지가 그런 색으로 변하고 있었다. 오늘따라 유난히 황혼색이 붉다. 이렇게 붉게 드리우고 있는 것은 맑은 날씨 때문인가, 아니면 더위와 무슨 연관관계가 있는 건가. 그런 천체의 현상은 잘 모르겠지만 아무튼 더운 데다가 붉기까지 하니 맥주가 뜨거울 것 같았다.

해는 하늘 저 끝 한 귀퉁이로 사라질 준비를 하고 있었다. 곱게 땋아 내린 황혼 햇살은 의자 밑으로 기어들고, 흔들리는 마로니에

잎새에 숨어들었다. 거리에 있는 나의 가슴도 태우고 또 나머지는 센 강의 잔잔한 물결 위에 잔영을 뿌려놓기도 하였다. 황혼이 섞인 붉은 맥주를 한 모금 마셨다.

맥주에 황혼을 타니 그 도수가 올라간 듯 짜르르 목줄기를 타고 내려가면서 천천히 온몸으로 퍼졌다. 느릿느릿 타들어 가는 젖은 짚단의 불처럼 후끈한 열기가 퍼졌다. 눈을 감고 목을 뒤로 젖히고 의자에 기댔다. 황혼의 아름다운 공기 한 사발을 깊게 마셨다.

살살 부는 바람이 마로니에 잎을 건드릴 때 간지러운 속삭임이 내 귓가에서 머뭇거린다. 그건 그의 음성이다. 순간 내 몸은 어느새 솜털처럼 가벼워지고 공중으로 둥둥 떠오른다. 방금 전 바람이 지나간 마로니에의 촘촘한 나뭇잎 사이로 그가 달려오고 있다. 그는 행여 나에게로 오는 길을 잃을까. 백 개의 눈에 불을 켜고 그 눈마다 웃음 가득 머금고 깃털처럼 가볍게 날아오고 있다.

나는 그와 손잡고 무중력으로 춤을 춘다. 그의 따뜻한 손을 잡고 하늘로 날아오른다. 거기는 드문드문 떠 있는 뭉게구름과 푸른 하늘, 그리고 그와 나뿐이다. 이곳에서의 그와 나의 만남은 너무나 위대하다. 상쾌하고 아름답다. 고뇌와 한숨의 메아리는 내가 떠나온 그곳에서 나를 찾으며 발을 동동 구르며 허둥대고 있다. 뒹굴고 있다. 나를 잃고 울고 있다. 내가 보살펴야 하는 것들이건만 그걸 바라보면서 나와 무관하다고 생각한다. 보고 있음에도 불구하고 본다는 것조차 잊어버린다. 해가 저물면서 발산하는 황혼빛이 이렇게 감미롭게 사람의 마음을 출렁이게 할 줄이야.

시간이 얼마나 지났을까. 시원한 바람이 내 얼굴을 쓰다듬으며 지나간다. 움직이지 않은 채 눈을 뜬다. 해는 거의 저물어가고 있다. 낮에 떠 있는 해보다 지는 해가 시간을 가늠하기 더 쉽다. 해가 빠른 속도로 건물 뒤편으로 흐르기에 눈으로 해와 건물과의 거리를 측정할 수 있다. 이제 한 뼘쯤 더 가면 해는 보이지 않고 온천지에 그의 잔영만 남겨 놓을 것이다.

다시 오가는 사람들을 바라본다. 무엇이 그리 바쁜지 종종걸음을 치며 앞으로 넘어질 듯 걷는 사람, 등을 구부리고 걷는 사람, 몸을 꼬며 걷는 사람, 뛸 듯이 걷는 사람, 시계를 연신 보면서 걷는 사람, 주머니에 손을 찔러 넣고 몸을 좌우로 흔들면서 걷는 사람, 머리를 뒤로 끝까지 돌리면서 노천 카페에 앉아 있는 사람들을 보며 걷는 사람, 하늘을 보며 갈지자로 걷는 사람, 고개를 푹 숙이고 걷는 사람, 뒤로 엉덩이를 쑥 뺀 채 흔들며 걷는 사람, 종일 일을 하느라 피곤했는지 힘없이 걷는 사람, 터벅터벅 발소리를 요란하게 내며 걷는 사람. 각양각색의 걸음걸이 모양을 무심히 바라본다.

그들을 보다가 그들 사이로 검은 주황빛 공기를 가르며 어스름과 어울려 서서히 다가오는 가을을 보았다. 해 저물기 시작한 개선문을, 아치 밑에 세워진 무명전사 묘비를 스쳐지나 에투와르 광장을,

망명자 중 한 사람인 외과 의사 라비크가 트럭에 실려 떠나간 에투와르 광장을, "거기는 불빛 하나 없고 캄캄한 어둠 속에서 전쟁용 트럭이 무겁게 굴러가는 소리만 있고, 담배를 찾아보았지만 한 개비도 없고, 잠시 후에 들릴지 모를 총소리를 미리 듣는 숨죽이는 침묵만 있었던 그 에투와르 광장을, 너무나 캄캄하여 개선문조차 보이지 않았던 두려움의 그 에투와르 광장"을 지금은 석양을 받아 주황빛으로 물들고 있는 에투와르 광장을, 여러 나라에서 몰려든 관광객들이 들끓는 에투와르 광장을 가로질러 휘적휘적 내게로 온 바람이 귀엣말로 인사를 하였다.

작년에 헤어진 가을이다. 일 년 만에 다시 만나는 가을이다. 일 년 만인데 그리 반갑지가 않다. 이대로 여름만 있었으면……. 내가 한국으로 돌아갈 9월 중순 즈음이면 그곳엔 이미 여름은 가버렸을 것이고 가을로 접어들고 있겠지. 가을은 하늘도 푸르고 높고 밥맛도 좋아 천고마비의 계절이다, 단풍이 들어 단풍놀이를 다닌다, 뭐 어쩌고 하면서 가을 예찬론이 한창이겠지만 나에게 있어서 가을은 우울하기 그지없다.

의학적 측면에서 볼 때 남성은 일조량이 줄어드는 가을이면 멜라토닌 분비가 증가하여 기분변화를 초래해 우울해진다는데 남자도 아닌 나는 왜 가을이 되면 우울한지……. 변해가는 나뭇잎 때문인가, 스산한 바람 때문인가, 곧 다가올 겨울 때문인가. 무슨 이유에서인지는 모르겠지만 아무튼 가을이면 항상 겪는 상실감 비슷한 감정이 나를 억누르고 지배한다.

가을을 만나자마자 온몸에 힘이 빠지면서 무기력해진다. 다리를 휘청거리면서 언제나 그 수렁에서 빠져나오지 못한다. 잎을 털어버리고 몸살을 앓는 나무가 안쓰러워서일까, 빈가지에 어정쩡하게 붙어있는 열기 없는 햇살이 싫어서일까, 벌거벗은 가지에 겨우 붙어있는 미지근한 온기조차 몰고 가버리는 바람이 미워서일까, 가을과 더불어 내 몸이 서늘하게 식어가는 느낌 때문일까. 무겁게 가라앉아 버리는 마음. 내 마음을 좀먹는 가을병. 올가을은 또 얼마나 허우적거려야 지나갈까. 푸르고 더운 여름만 있으면 좋겠다는 생각을 늘 하게 된다.

시선을 아무렇게나 놓아버린 채 바라보던 맥주를 한 모금 마신다. 목줄기를 타고 흐르는 쌉싸름한 맥주 맛을 느끼고 있을 때 옆좌석에 조용히 앉아 있던 몇몇 사람이 누군가를 반색하며 갑자기 일어난다. 그들의 돌발적인 행동에 난 잠시 놀랐지만 겉으로 표현은 하지 않았다. 서너 명이 이쪽으로 다가오고, 각기 두 번씩 비주를 하며 반갑다고 호들갑을 떤다.

대여섯 명이 서로 돌아가며 비주를 하다가 그중 한 사람이 내 테이블을 건드렸다. 맥주잔이 흔들흔들하며 자빠질듯하다가 다시 일어났다. 그 바람에 맥주가 좀 쏟아졌다. 미안하다고 그들은 또 나에게 호들갑을 떤다. 괜찮다고 웃으면서 말하기는 했지만 뭐가 그리 또 반가운지. 일상을 늘 신통스러운 일 하나도 만들지 못하고, 만들어도 아무런 감흥이 없어 마치 무기력증 환자처럼 살아가는 나로서는 오히려 그들의 행동이 의아할 뿐이다.

멍하니 그들을 바라보다가 일부러라도 저렇게 반갑게 맞이하는 게 좋겠다는 생각이 들었다. 어차피 내 마음이야 언제나 이 꼬락서니이니 그런 내 마음 알 턱 없는 상대만이라도 기분이 좋게 말이다. 무엇이든 언제나 반갑게 맞이하는 건 다가오는 상대에 대한 예의이기도 한 것이니까. 그렇다면 나도 한국에 돌아가서 저들처럼 행동하는 것이 좋지 않을까. 가을을 저렇게 맞으면 좋지 않을까.

일 년 만에 만나는 가을이다. 우울한 기분이 가을보다 먼저 찾아오는 나에게 있어 가을은 우수수 떨어지는 낙엽을 전신으로 받으며 누워 있는 낡은 관(棺)이 연상된다. 무성한 여름이 지나 조금씩 사위어가는 계절이라 그런가, 가을이 황혼을 닮아서 그런가, 가을에 가신 어머니가 생각나서 그런가. 딱 잘라 무엇 때문이라고 못 박아 말할 수는 없다. 그렇게 회색빛 가을을 생각하지 말고, 아름다운 단풍은 나를 위한 것이라고 생각하자.

프리즘 속의 알록달록한 세상 같은 가을. 나를 위한 가을이라는 생각을 가지고 억지웃음이라도 웃으면서 지내야 할까 보다. 가을엔 나를 행복하게 하는 그 누군가를 만날 수 있으리라는 기대를 한다면 한결 가벼운 마음이 될 수 있겠지. 그러면 가을빛과 그늘이 아름다운 풍경으로 조화롭게 펼쳐지겠지, 단순하면서도 역동적인 마욜의 작품처럼 둥글둥글하고 부드러우며, 밝고 평온하게 펼쳐지겠지. 우중충한 흑백이 아닌.

삶의 갈증 해소를 위해

　동화라는 것은 동심을 바탕으로 하여 어린이를 위해 쓴 산문문학의 한 장르이다. 듣고, 보고, 읽는 자로 하여금 모든 인간관계를 이해, 통찰할 수 있도록 심성과 감성에 감동을 주는 것으로 전래하여 왔다. 그리고 창작이나 개작된 환상적·서정적인 산문 형식이 주가 된 이야기라고 정의할 수 있다. 그렇다면 동화는 물론 어린이들이 읽어야 하는 것은 당연하다. 그러나 생텍쥐페리가 그의 소설『어린 왕자』를 어른에게 바쳤듯이, 동심을 잃어버린 어른이 반드시 읽어야 하는 것이 동화라고 생각된다. 1943년 4월에 발표된『어린 왕자』는 생텍쥐페리 생존의 마지막 작품으로서, 유일하게 동화적인 형식을 취하고 있는 소설이다.

　어떤 작품이 어린이를 위한 동화적인 형식을 취하고 있을 때 일반적으로 사람들은 그 작품을 가볍게 취급한다. 그렇게 함으로써 작품의 진정한 의미와 가치를 놓치게 되는 경우를 보게 된다. 작품에 대한 표피적 해석에 머무르거나 어린이의 수준에 맞는 것으로만 이해한다면 중대한 의의를 부여할 수 있는 열쇠로서의 우의(寓意)에 접한다 해도 그저 재미있는 환상적 이야기일 뿐이라고 간주해버리게 된다.

그러나 이러한 동화체 이야기의 참다운 가치를 알아야 할 필요가 있는 것은 "어린이들이 아니라 그러한 가치를 잃어버린 어른들인 것이다." 게다가 미묘하고 섬세한 뉘앙스로 가득 차 있는 작품의 예술성을 깊이 이해할 수 있는 능력이 있는 사람은 다름 아닌 어른들이라는 역설적 사실도 이해해야 한다. 다른 사람의 말을 빌릴 것도 없이 생텍쥐페리 자신이 『어린 왕자』의 헌사 첫머리에 이 동화를 어른들에게 바치는 데 대해 어린이들에게 용서를 구하고 있음에서도 주목해야 한다.

많은 사람이 이 책을 읽어 알겠지만, 『어린 왕자』에서는 여우가 어린 왕자에게 가르쳐 준 "마음으로밖에 볼 수 없다. 중요한 것은 눈에 보이지 않는다"라는 매우 함축적인 말이 있다. 그 말 속에 이 동화가 의미하려는 궁극적 주제가 깃들어 있다고 볼 수 있다. 그러나 이 작품에서는 말을 하는 것으로 끝내지 않고 어린 왕자와 비행사는 사막 어딘가에 있을 우물을 찾아나서는 것으로 이야기를 끌고 간다.

그리고 기적처럼 우물을 발견하고 물을 마시면서 어린 왕자가

"물은 마음에도 좋을 수 있다"라고 말한다. 이렇게 육신의 갈증을 풀어주는 물질적인 음식물의 효력만이 아닌 "마음에도 좋을 수 있다"라고 한 것은 의미심장한 뜻을 포함하고 있다. 말하자면 어린 왕자(어린이)가 여우의 가르침을 받아 찾아낸 진실을 어른에게 알려 주는 의미를 내포하고 있다.

어른들이 동화를 읽을 때 거기에 등장하는 아이들의 말에, 아이들의 심성에 귀를 기울여야 한다. 중요한 것은 마음으로 보는 것이다. 행동이 어설프고 말이 어눌하다 할지라도 마음으로 본다면 사랑스럽고 아름다울 것이다. 사막이 아름다운 것은 그곳에 우물이 있기 때문이듯이, 환상적인 이야기밖에 되지 못하는 동화 속에는 시원하고 맑은 우물이 있다.

동화책을 읽는 어른들은 재미로, 혹은 시간 때우기 식으로 단순하게 읽기보다는, 또는 자신들의 아이들에게 읽어주기 위해서만 아니라 자신에게 충실하면서 심도 있게 읽어야 한다. 그러면 어른들은 동화책을 통해서 그들의 복잡한 일상생활에서 느끼게 되는 갈증을 달고 시원하게 해소할 수 있을 뿐만 아니라, 마음으로 이 세상을 보게 되어 아름다운 삶이 되리라 믿는다.

깨끗한 마음으로 삶의 길을 잘 잡아간다면 그 어느 곳에 이르러 '시원하고 맑은 우물'이 있음을 발견하게 될 것이다. 이런 이유로 해서 어른도 동화를 읽어야 한다.

2부

관계

　이 세상을 살아가는 인간들 사이에는 그것이 우연이든 필연이든 간에 많은 관계를 맺고 살기 마련이다. 이러한 모든 관계에는 마음과 마음이 만나는 끈끈한 정으로서의 인간적 관계가 있을 수도 있고, 다소의 거리가 있어 서로 마주 보게 되는 일대일의 관계, 즉 상호적·상관적 관계가 있을 수도 있다.

　그런데 서로의 만남에서 상호 계산적인 관계로 이어질 때 결국 자기 자신이 유리한 고지를 차지하려는 마음으로 크든작든 간에 상대방의 허점을 이용하게 되는 것이 상례이다. 이러한 관계가 앞으로의 오랜 만남이 약속되지 않은 사이에서 아주 짧은 순간에 이루어지고 끝나는 것이라면 상호 이해관계도 순간 종결된다. 그러나 서로 만남이 지속되는 상태에서라면 이런 자기 우선적이고 온기 없는 관계가 지속될 것이고, 이런 관계에서는 많은 이점을 획득하려

온갖 노력을 하게 된다. 하지만 마음먹은 대로 될 성공률이 과연 얼마나 될까?

프랑스 작가 라클로(Pierre Ambroise François Choderlos de Laclos, 1741~1803)의 작품으로 『위험한 관계』가 있다. 이 소설은 1789년 프랑스 혁명이 일어나기 전의 문란하고 퇴폐적인 상류사회를 차가운 눈으로 관찰하여 날카롭게 분석한 작품이다. 18세기에는 악덕한 책이라 하여 오랫동안 빛을 보지 못했던 이 책을 스탕달이나 보들레르 혹은 지드 등 많은 작가가 탐독했고, 일반 독자들이 읽었으며 영화화하기도 했다.

특히 이 소설은 현대의 비평가들에 의해 예리한 심리분석과 미묘한 구성을 높이 평가하기 시작했다. 책을 읽은 독자라면 누구나 느꼈을 테지만, 등장하는 주인공들이야말로 얼마나 자신의 이로움만을 생각하는 이기적인 계산으로 꽉 차 있는지……. 그 내용을 간추려 보면 대체로 이렇다.

사교계에선 대단히 정숙하며 게다가 재산과 미모와 지성을 모두 갖춘 미망인인 마르퇴유 후작 부인이 있다. 그러나 보들레르가 '악마적인 이브'라고 말하듯이 그녀는 간교하기 이를 데 없는 여인이다. 그녀는 한때 자신의 정부였던 바람둥이 발몽 자작을 만난다. 발몽 자작은 여자를 유혹하는 일과 파멸시키는 일을 거의 동시에 처리하는 특별한 능력이 있는 사람이다. 마르퇴유 후작 부인은 그를 이용하려고 했다.

그녀의 요구는 자신의 현재 정부인 제르쿠르 백작이 약혼을 했는데, 그의 약혼녀이자 메르테유 부인의 친척인 블랑쥬 부인의 딸 세실을 농락해 달라는 것이었다. 그 당시 발몽 자작이 투르벨 법원장 부인을 흠모하고 있다는 사실을 이미 마르퇴유 후작 부인은 알고 있었다. 그러나 투르벨 법원장 부인은 '고귀한 영혼'의 소유자로서 발몽에게는 절대로 무너지지 않는 성벽 같은 존재였다.

발몽 자작이 끙끙 앓고 있다는 것을 알고 있는 마르퇴유는 법원장 부인을 넘어뜨릴 수 있는 기막힌 방법을 알려주겠다는 조건을 걸었다. 귀가 솔깃해진 발몽 자작은 마르테유 후작 부인의 제안을 받아들이기로 결심한다.

드디어 둘은 은밀히 만나 음모를 이행하기로 약속하게 된다. 그리하여 발몽은 세실에게 흠모하는 기사 당스니의 마음을 돌리게 해주겠다는 구실로 접근한다. 제르쿠르 백작과 약혼을 하였지만, 그녀의 마음속에는 당스니가 크게 차지하고 있기에 발몽의 말에 조금도 의심없이 다가가게 되었다.

그녀는 결국 발몽에게 정복당하고 임신하게 되며 절망한 나머지 수도원에 들어간다. 이렇게 그녀를 발몽은 순식간에 파멸시킨다. 그러고 나서 약속대로 마르퇴유 부인의 능숙한 간교 덕분에 발몽은 투르벨 부인과 접근할 수 있게 되고 그의 소원을 이룬다. 그러나 마르퇴유 후작 부인은 발몽을 절대 놓아주지 않으려는 생각을 하고 있기에 발몽이 투르벨 부인을 사랑하는 것을 절대 용납할 수가 없다는 데 큰 문제가 있는 것이다.

그래서 그녀는 발몽의 약점을 늘어놓으면서 투르벨 부인을 일시적으로만 버리는 척하라고 꼬드긴다. 여기서 주도권 싸움에 밀린 발몽은 어렵게 정복한 투르벨 부인을 마음은 아프지만 잠시 버리게 되는데, 그때 투르벨 부인은 농락당한 자신에 대한 혐오와 회한으로 신경쇠약에 걸려 죽는다.

그리하여 사랑을 잃은 발몽과 메르퇴유 부인과의 사이에는 심각한 불화가 시작된다. 메르퇴유 부인은 발몽을 파멸시키기 위해 역시 세실의 일을 당스니에게 말한다. 결국 발몽은 명예를 되찾으려는 당스니와의 결투에서 크게 상처를 입고 죽게 된다. 죽으면서 메르퇴유 부인의 비행을 세상에 폭로한다. 설상가상으로 그 부인은 전 재산이 걸린 재판에서도 패소하고, 게다가 유행하던 천연두에 걸려 추녀가 되어 외국으로 도피한다.

175개의 서한체로 쓴 이 책에서 주인공들이 각자 자신의 욕망을 이루기 위해, 상대의 약점을 이용하며 지배하고 소유하려고 한다. 눈앞의 현실에 집착하여 악취를 풍기는 쓰레기같이 자기 존재를 은폐하기 위한 관계를 지속해서 맺는다. 결국 그것은 서로 파괴하고 파괴당하는 음산하고 우울한 관계인 것이다. 이런 질투와 음모라는 왜곡된 형태로서의 관계는 인간이 이 세상에 존재한 이래 끝없이 이어져 왔다.

이러한 사실은 신화를 통해서, 혹은 소설을 통해서 익히 아는 것이기에 인류가 멸망할 때까지 이어져 갈 것이다. 어쩌면 절대로 없어지지 않을 것이라고 미루어 짐작하고 있다. 인간의 가장 극단적인 치부를 극명하게 드러내는 이런 독선적인 관계란 악마적일 수밖에 없고 끊어질 수밖에 없으며 모두가 파멸에 이를 수밖에 없다.

우리가 잘 아는 프랑스의 소설가 생텍쥐페리는『어린 왕자』에서 여우를 통해 '관계'와 '우정 만들기'에 대해 온화하게 말하고 있다. 서로를 길들이는 법, 서로 조금씩 가까워지는 법을 말하면서, 남을 이해하고 사랑하기 위해서는 기다리고 참는 노력과 긴 시간이 필요하다고 말한다.

이런 식으로 이어지는 관계야말로 마음과 마음이 만나는 끈끈한 정으로서의 인간적 관계로서 참다운 것이며, 이것은 곧 사랑의 다른 말이다. 그런 관계로서의 사랑은 우리의 일상을 환하게 밝혀 주고, 오늘이 어제와 다르게 보이도록 하며, 만남의 시간을 기다리게 하고 그 '상대'와 닮은 모든 것을 아름답게 보이게 한다.

전국시대의 묵자(墨子)는 이 세상의 도가 사라진 당시 상황을 극복하기 위해서는 나와 남을 구별하지 않고 모든 사람을 나의 가족처럼 사랑한다면, 이 세상에 혼란이 없어지고 평화가 와 서로 큰 이로움을 얻게 된다며 "사람은 평등으로 서로를 사랑하고 타인에게 이롭게 해야 한다"라는 〈겸애설(兼愛說)〉을 주장했다. 굳이 묵자를 예로 들지 않아도 모름지기 인간 사이에서의 관계란 사랑과 책임으로 이루어져야 한다는 것은 의심할 여지가 없다.

살아간다는 것은 나와 남들과 함께 엮인다는 것을 의미한다. 나와 다른 존재들과의 관계에서 빚어지는 모든 상황이 적절한 견제와 상호협조를 바탕으로 이루어져야 한다고 생각한다. 말하자면 생물의 여러 개체군 사이에서 먹이사슬의 관계가 형성되어 있어 포식자와 피식자의 관계가 잘 이루어져야 생물체 어느 한 종류도 멸종하지 않는 것과 같은 이치일 것이다.

이렇듯 상호관계가 조화롭게 이루어져야 하는 것은 당연한 이치가 아닐까. 어차피 내가 참여하여 만든 관계로서의 사회구조에서라면 내가 편하기 위해, 내가 이롭기 위해, 혹은 귀찮아서 나는 빠져도 되고 나 하나쯤은 무관심해도 되는 이런 이기적인 '돼지 사상'으로 방관자적 입장을 취하면 안 된다. 이것이야말로 많은 사람이 어우러져 살아가는 사회에서 가장 위험한 것이라 생각된다. 한 사회의 구성원으로서 각자는 상대의 뿌리가 되어 내게 능력이 넘치면 모자라는 대상에게 나누어주어야 화합의 정의 기류가 오고갈 것이다.

나 하나 툭 불거질 때, 나 하나 빠질 때 사회구조의 사슬은 연결되지 못하고, 연결되었다 하더라도 찌그러진 볼품없는 원(圓)이 될 수밖에 없다. 된다고 해도 반듯한 원을 만들 수 없어 순환구조가 아름답게 형성될 수 없을 것이다. 자신만을 생각하는 이기적인 사고에서 벗어나 사랑과 책임감을 가지고 나도 반드시 참여해야 하는 세상, 거기서 내 몫을 다해야 한다.

그리고 너도 참여하여 너의 할 일을 다 하고, 그렇게 우리 모두 참여하여 각자의 일을 책임지고 수행할 때 목표를 향해 다가갈 수 있다. 이렇게 할 때 끊어지지 않는 연결고리가 생겨나고, 그것은 영원히 이어지며, 그런 '연결관계'가 아름다운 세상을 만드는 것이 아닐까.

국제도시로서의 송도

송도(松島)라는 이름의 섬은 전국적으로 많이 있다. 예를 들면 전남 여수시 돌산읍, 율촌면, 신안군 지도읍, 신의면, 충남 보령시 주교면, 경남 통영시 한산면, 마산시 합포구 진동면 진동리, 통영시 신양읍 저림리, 부산 암남반도 동쪽 등 바다가 있는 곳에는 송도라는 이름의 섬들이 있다. 대개의 송도는 소나무가 많아 솔섬이라고도 부르는데, 멀리서 볼 때 마치 우거진 소나무 숲이 바다에 떠 있는 듯한 형상이 특징이다. 솔섬은 기후가 온화하고 지형이 완만하여 주민들의 생활방식은 농업과 어업을 병행한다는 점이다.

인천의 송도는 뭍에 연결되어 있어 완전한 섬은 아니다. 구한말이 지역은 원래 인천부 원우이면(遠又爾面, 일명 먼우금면)이었는데 1914년 일제가 행정구역을 조정하면서 옥련리(玉連里)라 하고 부천군에 편입시켰다. 1936년 이 일대를 다시 인천부에 편입하면서 수

인선 송도역과 송도유원지를 신설하고 이곳 이름을 일본식으로 송도정(松島町)이라 했다. 그러나 다른 의견도 있다.

동학농민운동 이후 수시로 인천항에 드나들던 일본 군함 '송도호'는 1892년 프랑스에서 건조돼 청일전쟁 때는 연합함대 기함으로서, 러일전쟁 때는 제3함대 제5전대로 참전한 바 있다. 여기서 주목해야 할 것은, 일본이 인천을 교두보로 삼아 청일, 러일 두 전쟁에서 이겨 아시아에서의 패권을 차지했다는 점이다. 러시아와 청나라를 쳤다는 것은 군국주의 일본으로서는 대단한 자랑거리였고, 그 전승을 기리기 위해 두 전쟁과 관련이 깊은 인천에 그를 상징하는 정명(町名)을 여러 군데 붙였는데 그 가운데의 하나가 송도였다. 따라서 문제의 송도는 일본의 지명이자, 전함의 이름이었다.

어쨌든 지금까지 이곳을 송도라 불러오고 있다. 송도는 삼면이 바다로 둘러싸여 있으며, 옥련동, 동춘동, 청학동 일대를 아우르는 청량산 자락에 자리하고 있다. 이 산의 급경사와 암석으로 수직정상을 이루고 있으며 수려한 풍경과 아름드리 노송들이 울창하다. 갯벌에는 각종 해산물이 풍부하여 마치 섬과 같은 양상을 띤 자연마을이다.

송도를 말하기 위해서는 청량산을 말하지 않을 수 없다. 청량산은 총면적 65만 7,555평방미터이며, 해발높이는 172미터이다. '용이 누워 있는 형국'이라 해서 일명 청룡산이라 부르기도 하고, '산이 푸르고 학과 같은 형상'이라 하여 청학산이라고도 했다. 『동국여지승람』에 따르면 "이 산은 경관이 수려하여 이름을 청량산이라 한다."고 기록되어 있다. 산 이름을 지은 이는 고려 후기 공민왕의 왕사였던 나옹화상(懶翁和尙)이라고 전해 오고 있다.

청량산에서 서해 쪽으로, 즉 송도에는 일제 강점기에 일본인들이 휴양시설로 만들었던 송도유원지가 보인다. 중턱에는 1946년 4월 인천시 중구 송학동에 우리나라 최초의 공립박물관을 개관하여 1990년 5월 지금의 자리로 옮기고, 2006년 7월 확충 보수작업을 거쳐 고인돌을 형상화한 건물을 지어 이전한 후 인천시립박물관으로 재개관을 했다. 인천시립박물관은 청동관음보살좌상, 건칠여래좌상, 원대철재범종, 각국조계석, 이세주묘출토관덮개 등 수많은 유물을 대폭 확충하여 전시하고 있다.

또한 1950년 9월 15일 국제연합(UN)군이 맥아더의 지휘 아래 인천에 상륙하여 조선인민군의 허리를 절단하여 섬멸한다는 계획을 세웠다. 첫 번째 인천상륙작전을 감행함으로써 6·25전쟁의 전세를 뒤바꾼 군사작전을 기념하기 위하여 청량산(淸凉山) 중턱에 화강암으로 지은 인천상륙작전 기념관이 있다.

그리고 "약 630여 년 전 고려 후기 우왕 2년(1376년)에 고승 나옹화상이 경관이 빼어난 이곳에 절을 건립했다."고 기록한 흥륜사가 있다. 호불사, 관음사 등의 절과 바위의 형상이 범과 같다 하여 붙여진 이름의 범바위, 혹은 병풍바위, 뱀사골 등 설화가 담겨 있는 장소들이 있어 가볼 만한 곳이 많다.

인천에서 안산을 거쳐 수원까지 이르는 52킬로미터 구간의 협궤철도는 일제가 태평양전쟁을 위해 소금과 곡물을 수송할 목적으로 개설했다. 당시에 운행하던 협궤열차의 정거장인 송도역이 지금도 남아 있다. 이렇듯 청량산을 배경으로 하는 송도는 구전으로 내려오는 설화와 한국 격변기의 역사를 간직하고 있어 많은 사람의 사랑을 받으며 오늘도 방문객을 받아들이고 있다.

그러나 현재 송도라는 같은 이름의 신도시가 형성되고 있다. 그곳은 인천시 연수구 동춘동 지선 개발 전체면적 535만 평의 공유수면을 메운 부지에 주택용지 88만 평, 상업 업무용지 31.5만 평, 산업시설 용지 44만 평, 교육 연구시설 37.3만 평 등 새로 건설되는 신도시로서 수도권에서 약 25킬로미터 지점에 있다. 천혜의 자연환경을 최대한 살린 해양개발 프로젝트로서 완벽한 기반시설 위에 건축물과 조경의 배치가 조화를 이루는 환경 친화적인 도시가 새롭게 태어나게 된다.

송도 신도시는 정보산업의 기반인 정보통신, 멀티미디어 산업이 집중적으로 육성될 미디어타운, 급증하는 국제교류에 대비하여 인텔리전트 빌딩을 중심으로 한 무역, 금융, 기술업무들이 이루어질 국제 비즈니스 타운, 교육기관, 쾌적한 주거환경을 갖추면서 교통, 산업, 정보 등이 공존하는 첨단 복합기능 도시로서 새 천 년의 새 도시가 될 것이다.

인천 연수구에 오랜 역사를 증명하는 송도. 착공 1년을 넘기면서 지금도 공사 중인 총연장 1만 2,343미터의 인천대교가 2009년에 완공되었을 때, 그리고 535만 평에 이르는 모든 시설이 완비되었을 때의 송도 신도시는 21세기를 향하는 멀티시티(multi city), 즉 과학과 문화예술, 교육, 금융, 정보산업 등이 총망라한 도시로서, 앞으로 "하늘과 바다와 땅을 연결하는 세계의 관문" 역할을 하며 국제도시로서 손색이 없을 것임을 확신한다.

궁핍한 시대의 책읽기

책읽기는 어디까지나 책을 가까이하고 생활화하는 데 있다. 타율적 강요에 의해서가 아니라 책을 읽는 즐거움을 스스로 터득하는 과정에서 참다운 지혜의 길을 찾게 되는 자연스러운 것이어야 한다. 아무리 훌륭한 고전이라 할지라도 지나치게 고답적인 독서 강요는 오히려 책에 대한 염증과 지루함을 불러일으킨다. 오히려 자칫하면 처음부터 독서의욕을 꺾어버리게 되는 역효과를 가져오는 수가 있다.

그러니 무조건 좋은 책을 "읽어라, 읽어라." 하는 식으로 선택 범위를 제한하기보다는 우선 읽는 즐거움을 맛보게 하여 거기에서 흥미와 문제의식을 싹트게 하는 것이 좋다. 나아가 탐욕적인 지적 호기심을 유발하는 것이 더 효과적이다. 무엇보다 자연발생적인 독서 습관을 몸에 배도록 하는 것이 바람직하다.

우리나라 사람들은 외국인보다 대체로 책을 읽지 않는 국민으로 알려졌다. 그래도 근래에 와서는 다소 증가추세를 보이고 있기는 하지만 다른 선진국에 비해 수준이 낮은 편이다. 이것은 심히 부끄러운 일이며 정말 불명예스러운 일이 아닐 수 없다. 한국갤럽이 근래 전국의 만 18세 이상 청장년층 남녀 1,605명을 대상으로 설문조사를 하여 발표한 '우리나라 독서실태와 의식에 관한 조사' 결과에 따르면, 1개월간 잡지를 제외한 책을 읽은 사람은 전체의 44.6퍼센트로 이 가운데 1권 15.5퍼센트, 2권 14.7퍼센트, 3권 이상 14.4퍼센트로 집계됐다.

독서율은 학생이 주류를 이루며, 낮은 연령으로 갈수록 높았다. 대학생의 경우 한 달에 평균 4.35권의 책을 읽고, 지식인 직종의 화이트칼라는 1.85권의 책을 읽는 것으로 나타났다. 평균적으로 월평균 독서량은 1.59권이다. 어쨌거나 지난 10년간 독서량이 근소한 증가 추세를 보이고 있기는 하다. 그러나 도서 구매비는 낮은 수준으로, 지난 2006년 1월에 발표된 통계청 조사 결과를 보면 2005년 3, 4분기 기준으로 전국 가구의 서적, 인쇄물 지출액을 조사한 결과 1가구당 월평균 1만 2,397원으로 나타났다.

이 금액은 신문, 잡지 구독료뿐만 아니라 자녀들의 동화, 교양서적 구매비를 모두 포함된 것이라고 한다. 신문 구독료가 월 1만 2천 원이고 보면 우리나라 사람들은 1년에 단 한 권의 책도 사지 않는다는 결론이다.

이런 결과를 놓고 생각해볼 때 지식인인 척하는 사람은 많지만 책읽기를 좋아하며 즐기는 사람은 적은 편이다. 이들 가운데서도 정작 책을 읽는 층에 속하는 사람이 반도 못 되는 수준에 그치고 보니 우리나라 국민의 독서량을 가히 짐작할 만하다. 지난해 6월 미국의 다국적 여론조사기관 NOP가 세계 30개국을 조사한 결과, 책 읽는 시간이 주당 평균 6.5시간이며, 인도가 10.7시간으로 제일 많고, 우리나라는 주당 3.1시간으로 조사 대상국 가운데 꼴찌라는 불명예를 기록했다.

국가적 차원에서도 여전히 국민을 위해 도서를 구매하는 것 역시 그런 꼴이다. 일본의 공공 도서관이 2,665개, 1인당 장서가 2.4권, 연간 도서 구매비는 3,535억 1,610만 원인데 비해 우리나라는 도서관 420개, 1인당 0.5권, 연간 235억 1,000만 원에 불과한 것으로 나타났다.

우리 민족은 수많은 수난의 역사를 극복해 오면서도 찬연한 문화의 꽃을 피워낼 수 있었다. 우리가 높은 품격의 정신적 기틀을 다질 수 있었던 것은 선조들이 책읽기를 소중히 여기고 학문을 숭상했던 때문이다. 오늘날 책을 멀리한 채 우리 풍토가 보여주는 들뜬 분위기를 개탄하지 않을 수 없다. 이 세상을 살면서 건강을 위해, 사업을 위해 연간 13조 원을 쓰는 외국 골프여행도 나쁘지는 않겠지만 상상력이 결핍된 삶이란 캄캄한 맨홀 같은 현실임을 인식하는 것도 중요하다.

아무튼 독서량의 절대 궁핍현상이 물론 인구수에 비해 도서관이 부족하거나, 국가에서의 지원 부족 등 여러 가지 이유를 들 수 있겠으나, 보다 근본적인 이유는 목마른 사람이 한 그릇 냉수를 찾는 것 같은 그런 독서욕의 부재에서 비롯된 것이 아닌가 생각된다.

어쨌거나 여름도 지나고 가을이 되면 책읽기에 더없이 좋은 계절이라 한다. 그러나 요즘에는 냉난방 시설이 잘 되어 있으니 계절과 관계없이 책을 읽을 수 있다. 자신을 위해서, 또는 자녀를 위해서 풍요로운 정신세계를 가지도록 노력하는 것이 좋을 성싶다. 참다운 영혼의 양식인 책을 읽는다는 것 또한 이 계절의 큰 수확이리라.

눈

어제저녁에는 눈이 몹시 쏟아졌다. 장대비 같은 눈이 쏟아지다가 수평으로 날리기도 하고, 다시 솟다가 내리꽂히는가 하면 한 다발씩 떨어지기도 했다. 아무튼 가장 강하고 복잡한 눈발로 쏟아지고 쏟아졌다. 저물어가는 하늘은 온통 흑회색으로 변했고, 소음을 잡아먹는 저 눈은 천지를 조용하게 만들고 있었다.

그렇게 한꺼번에 많은 눈이 쏟아지는 것을 인천에서는 그리 자주 볼 수 있는 풍경이 아니다. 그러기에 어둠이 내린 길, 게다가 눈이 쌓인 길에서 운전을 많이 해 본 경험이 없는 나로서는 집으로 가야 한다는 것이 여간 겁이 나는 것이 아니었다.

딸을 만나기로 한 시간은 아직 40분이나 남았는데 그때까지 눈은 더 쏟아질 것이고, 그러면 길은 더 어둡고 더 미끄러울 텐데 이 노릇을 어찌할까. 불안하기 짝이 없었다. 아무리 생각해도 해답이 나오질 않아 끙끙거리다가 그냥 집으로 돌아가는 것이 낫겠다는 생각이 들어 딸에게 전화하였다. 그리고 마시던 차를 그냥 놓아둔 채 관교동 그 찻집을 나섰다.

거리에 나서니 이미 눈은 길을 하얗게 덮고 있었고 자동차들은 기어가고 있었다. 찻집 밖으로 나온 내가 몹시 심하게 쏟아지는 눈을 맞으며 20미터쯤 떨어져 있는 주차장까지 엉금엉금 걸어갔을 때는 이미 온몸이 하얀 덩어리가 되어 있었다. 마치 눈사람처럼. 하늘의 권한은 대단한 것이었다. 순식간에 나는 눈사람이 된 것이다. 돌아다니는 모든 사람은 다 눈사람이 되어 있었다.

자동차도 모두 눈 덩어리였다. 나무도 건물도 모두 눈이었다. 이 세상은 모두 눈으로 가득 찼다. 사람은 눈으로 눈사람을 만들지만 눈은 모든 걸 설경으로 만들었다. 그래도 오직 가로등만은 아직 버티고 서서 눈발 사이로, 눈송이 사이로 길을 밝히며 자신의 의무를 수행하고 있었다.

대충 눈을 털고 차에 올라 미끄럼을 타듯 춤을 추듯 비틀비틀 흔들리며 차를 몰았다. 30분 이상이 걸려 겨우 문학운동장까지 왔다. 물론 여느 때에 비하면 오래 걸렸지만, 그러나 오늘 같은 상황에서 그 시간은 그리 길다고는 말할 수 없다. 그래도 이런 식으로 살살 가면 곧 집에 도착할 거라는 안도감에 빨리 찻집에서 나오길 잘했다는 생각이 들자 나 자신을 칭찬하면서, 그래도 이게 어디냐고 마음은 의기양양하기까지 했다.

　그런데 경기장 앞까지 왔을 때는 어디서 그 많은 차가 모였는지 휴가철이나 명절 때의 고속도로를 방불케 하였다. 눈과 뒤범벅이 된 차들은 더는 움직이지도 않고 그 자리에 머물러 있었다. 어떤 차들은 반대 차선으로 돌아가기도 하였다. 그러나 인도 옆 어느 지점에 차를 세우고 걸어볼까 하는 생각도 하였기에 가장자리 차선으로 가고 있던 나로서는 반대 차선으로 차를 돌려 다른 길로 간다는 것은 쉬운 일이 아니었다.

　그래도 한 번 시도해 볼까 생각하였지만 촘촘히 서 있는 그 틈새로 몇 개의 차선을 가로질러 빠져나갈 수 있는 상황이 아니었다. 그러면서도 조금씩 아주 조금씩 움직일 때마다 내 차는 가는 것이 아니고 미끄러지고, 잘 못 하다가는 옆이나 앞에 서 있는 차와 부딪칠 것도 같아 불안하기 짝이 없는 순간의 연속이었다. 다른 사람도 마찬가지였는지 어떤 사람은 차에서 내려 체인을 달기도 하고, 또 어떤 사람은 미리 체인을 달고 나선 사람도 있었다.

　그렇지만 어찌할 도리가 없는 나로서는 그냥 그 자리에 아무 대책 없이 그대로 있어야만 했다. 여기 있는 모든 사람과 이 순간 바로 이 자리에 이렇게 있어야 할 운명인 것처럼 말이다.

　눈은 하염없이 쏟아졌다. 울고울고 또 울어도 자꾸 쏟아지는 눈물처럼 눈은 쏟아지고, 쏟아지고 또 쏟아져도 자꾸 쏟아졌다. 시간은 흘러 2시간쯤 지났고 이제는 조급하던 마음도 지쳤는지, 아니면 될 대로 되라 하는 심정인지 아무튼 어느 정도 사그라졌다. 그러면서 어느새 나는 눈과 동화되어 가고 있었다. 아니, 오히려 눈에게 말을 걸고 있었다.

"그래, 자꾸 쏟아지렴! 이 미욱한 세상 너의 그 흰 색깔로 덮어 버리렴. 나의 성깔도, 나를 사랑한다는 그의 말도, 그런 말을 믿지 않는 나의 오만도, 또 다른 날들을 기다리는 나의 참을성도, 이런 나만의 위대함도 기왕이면 다 덮어 버리렴. 죄 다 덮고 나면 모두가 하얗게 지워지는 것을. 모두가 하얘지면 똑같은 거지. 그의 거짓도 나의 오기도 다 똑같아지고. 그도 나도 똑같이 하얗게 태어나고 그러면 비로소 세상과의 첫 화음 소리, 그도 나도 응아응아 소리 낼 수 있을 거야."

눈은 수평으로 날리다가, 까마득한 저 하늘 자신이 떠나온 그곳으로 땅에 있는 눈까지 데리고 다시 회오리로 오른다. 그러다가 차창을 캄캄하게 덮어 버리고 하혈처럼 뭉텅뭉텅 쏟아지다가, 숨이 찬 듯 쉬었다가, 한숨 돌리고 나서 다시 똑같은 짓을 반복한다. 불티처럼 가벼운 몸을 가진 눈송이들은 서로 아무도 간섭하지 않은 채, 각자 어디에도 날아갈 수 있는 자유를 누리면서 나에게 자기들의 몸짓을 한껏 자랑하면서 이 세상을 조용히 지배하고 있었다.

이 세상은 자유에 완전히 구속되어 있었다. 저 눈은 땅에 닿으려

하지 않는 듯 보였다. 땅에 닿으면 순식간에 스러질 것이기에 짧은 시간일 망정 한 번쯤은 저렇게 자유롭게 날아 보는 것 같았다.

그런데 나는 어떤가. 몇십 년 살아왔고 아직도 몇십 년 살아갈 그 곳으로 가지 못해 이리도 앙앙불락하고 있다. 그 무슨 책임이 있고, 그 무슨 규칙이 있으며, 그 무슨 의무가 있겠는가. 무슨 억압이 있고, 무슨 뭐가 있으며, 또 뭐가 있는 그곳으로 가려고 이리도 발버둥 치고 있는가.

내가 가는 길을 저 눈이 이렇게 지워버리는데, 저 눈은 같이 자유를 누리자고 나에게 저토록 외치는데, 눈의 말에는 전혀 귀를 기울이지 않은 채 그 길을 악착같이 기억해내면서 반드시 그 길로 가려고 이리도 애를 쓰고 있다. 눈치도 느리고 남의 말을 전혀 귀담아듣지도 않고 나 자신의 생각만 옳다고, 나 자신의 생각만 믿는 내가 너무 미련스러워 안쓰럽기까지 하다.

"더 쏟아지렴. 더 많이 쏟아지렴. 기왕에 오려면 밤이 새도록 내려 아무것도 기억해낼 수 없을 때까지 쏟아지렴. 미움도 증오도 다 덮어 버리렴. 죄 많은 과거도 서러운 과거도 다 덮어 버리렴. 더 많이 쏟아져서 높은 것도 낮은 것도 없이 온 세상을 덮어 버리렴. 먼 곳도 가까운 곳도 없이 덮어 버리렴. 칠흑의 밤에 오직 너만이 남아 고양이의 안광처럼 빛나고 있으렴. 천지 사방에 장님들로 가득할 때까지 쏟아지렴."

마치 이글루 속 같은 자동차 안에 앉아 쏟아지는 눈에게 응원의 박수를 맘껏 보냈다. 눈은 마치 내 말을 알아듣기라도 한 듯 아무것도 식별할 수 없을 만큼 쏟아져 내렸다. 나는 자동차 창문을 열고 하늘을 보았다. 그 하얀 하늘의 족속들은 공중에서 빠르게 선회를 하다가 머물다가 점으로 이어져 금을 긋기도 하다가 때로는 폴카로, 때로는 왈츠로 가볍고 유쾌한 춤을 맘껏 추며 내 얼굴을 스치고 있었다.

"그래, 땅에 닿으려 하지 마라. 땅에 닿기를 바라지 마라. 그렇게 가벼운 몸이면 어딘들 날아가지 못하겠니. 그렇게 가벼운 몸이면 어디에 기대지 않아도 어디에 닿지 않아도 둥둥 떠서 네 한 몸 충분히 가눌 수 있을 테지. 그래, 기어이 땅에 내려앉아야 한다는 생각하지도 말고 조금이라도 더 거기서 돌아라. 거기서 더 날아라. 너희가 춤추는 거기는 그리 높은 데가 아니니 어지럽지도 않을 것 같구나. 맘껏 노래 부르고 맘껏 춤춰라. 너의 그 황홀한 자유를 맘껏 누려라. 그리고 거기서 죽어라."

눈을 보면서 나도 빙글빙글 춤을 추었다. 두 팔을 벌리고 춤을 추었다. 그리고 하늘을 향해 맘껏 소리를 질렀다. 내가 가야 할 곳은 이미 나에게 없다. 어린 소녀는 빙빙 돌았다. 눈도 같이 돌았다. 울며 웃으며 함께 돌았다. 시간은 이미 멈추었고 이 세상에는 오직 새털처럼 가벼운 눈과 나만 있었다. 미련한 모든 것을 덮어 버리는 눈이 있을 뿐이었다. 이미 자유로워진 내가 있을 뿐이었다. 오직 진공 상태 같은 머리와 자유만 있을 뿐이었다. 그렇게 명백하게 나는 그 시간에 그곳에 살아 있었다.

먼 데서 오는 여인

104

동양 밥상, 서양 밥상

요즘은 비행기라는 교통수단이 있어 세계 어느 곳이든 하루 이내에 닿을 수 있다. 그러다 보니 지구에 사는 사람들은 자신이 태어난 곳이 아닌 다른 어느 곳에 가서 사는 경우가 많다. 그래서 세계 어느 곳이든 음식이 있다. 서양에 가도 동양 음식을, 동양에 가도 서양 음식을 맛볼 수 있다.

누구나 생각만 가지면 자신이 사는 나라에서든 다른 어느 나라에 가서든 어느 나라 음식이든 먹을 수 있다. 그래서 사람들은 양식, 한식 등 자신의 기호에 맞는 음식을 찾아 먹는다. 나도 여러 나라 음식을 먹어 본 경험이 있어 기회가 닿으면 외국 음식을 마다하지는 않는다. 우리 음식뿐만 아니라 다른 나라의 음식도 자주 먹다 보면 그 맛이 썩 좋기 때문이다.

동서양 음식 이야기가 나왔으니 동서양 밥 먹는 얘기 좀 해 보자.

예로부터 우리나라는 농경문화로서 한 곳에 정착하여 살았다. 잦은 이동을 하지 않기 때문에 장을 담는다든가 김치 등의 물기가 있는 음식을 저장하며 살 수 있었다.

그리하여 밥상에 오르는 음식도 끓이고 볶고 지져 죽 늘어놓고 시간적 여유를 가지고 앉아서 먹었다. 빈부의 차이는 있겠으나 음식을 만드는 사람의 역량에 따라 많거나 적은 종류의 음식을 만들어 밥상 위에 올려놓는다.

여기까지가 음식을 만든 사람의 절대 권한이다. 그러면 차려진 음식을 먹는 사람은 거기서 자신의 기호나 상황에 맞게 골라서 먹게 된다. 한 가지, 혹은 두 가지, 혹은 전부를 선택해서 먹는다. 거기에는 음식을 만든 사람의 강요가 통하지 않는다. 단지 권유가 있을 뿐이다.

음식을 만든 사람과 그것을 먹는 사람과의 사이에는 절대적으로 각자의 의견이 존중된다. 그러면서도 한 가지 반찬을 여럿이 나누어 먹기 때문에 모자랄 것을 염려하여 자신이 좀 덜 먹게 되는 경우도 있다. 즉 남을 배려하는 가족사랑 이웃사랑의 마음도 생겨나기도 하고 더 나아가서 공동체 의식이 생겨나게 된다.

> 둥실둥실 부루쌈에 풋보리밥 꿍꿍 눌러
> 고추장에 파를 섞어 양념 쳐서 먹어보세
> — 정약용, 「장기농가」 일절

물론 이 시대에는 요즘처럼 농사법이 발달하지 않아 하늘에 운을 맡기고 농사를 짓던 시절이었다. 대량수확이 어렵기도 했겠지만, 맛있고 품질 좋은 것은 '대감님들'에게 다 빼앗기고 허술한 음식을 먹을 수밖에 없는 소박한 농민들의 보잘것없는 식사 장면이 그려진 것이다. 그래서 농번기에 보리밥과 고추장뿐일 터이지만 고추장 한 가지일망정 함께 먹자는 것이다.

이처럼 우리 음식은 반찬 한 가지를 놓고도 같이 나누어 먹을 수 있고, 함께 한술씩이라도 나누어 먹자는 데서 화합의 정이 생겨나게 된다.

밥상에 반찬을 많이 차려놓았을 경우를 생각해보자. 이 경우 미학적인 개념으로도 생각할 수 있다. 각양각색의 음식 원료는 밥상을 아름답게 장식한다. 밥상 전체를 장식하는 이 반찬들의 놓임, 이 공간적 개념으로서의 우리네 밥상은 그 아름다운 색깔로 하여 우선 눈을 즐겁게 한다. 그리고 소담하게 담긴 그 반찬들은 먹고 싶은 충동을 일으킨다. 게다가 골라서 먹을 수 있는 선택권이 주어진 자유를 누릴 수 있는 공간이다.

내가 프랑스에서 학업을 위해 4년 정도 생활한 적이 있다. 우리 가족이 프랑스 친구들로부터 초대를 받기도 하였지만, 그들을 우리 집에 초대하기도 하였다. 한 번은 스위스에 사는 부부가 우리를 보러 루앙에까지 왔다. 난 한국 음식을 만들었다. 가능하면 음식의 색깔을 고려하여 장을 보았다. 고추 종류도 빨강, 노랑, 초록으로, 양배추 종류도 색색으로……. 그렇게 해서 많은 종류의 음식을 만들어 상에 하나 가득 차려놓았다.

그들이 도착하고 서로 긴 인사를 나누었다. 반갑거나 다정한 사이면 비주를 두 번씩 해서 인사가 끝나는 시간이 좀 걸린다. 간단하게 그들 식으로 음료와 위스키 한 잔을 마시며 30분 정도의 인사말이 오간 뒤 부엌에 차려놓은 밥상을 둘이 맞들고 거실로 나왔다.

음식이 차려진 밥상을 이동한다는 것이 너무도 이상하였던지 그들은 눈이 휘둥그레졌다. 게다가 밥상에 하나 가득 올려놓은 것도 처음이라 이상하게 생각하는 것 같았다. 형형색색으로 차려놓은 음식의 색깔에 매료된 그들 부부는 우리 음식의 아름다움에 감탄하여 그대로 선 채로 밥상을 내려다보면서 차마 먹지를 못했다. 한 10분쯤 그냥 바라보기만 하였다.

밥상 앞에 앉은 그들은 왜 이렇게 한꺼번에 많은 음식을 상에 올려놓았느냐, 이걸 어떻게 먹느냐, 한 가지씩 가져다 먹느냐, 항상 이렇게 많은 음식을 만들어 먹느냐, 보통 때는 몇 개나 만들어 먹느냐 등 많은 질문을 하였다. 그 예상치 못했던 질문에 웃음으로 대답하면서 식사를 하였다.

그녀의 남편은 키가 너무 커서 바닥에 앉아 음식을 먹을 때 다소 힘들어했지만 이것저것 음미를 하면서 열심히 식사하였다. 5, 6시간을 달려왔으니 배도 고팠겠지. 그런데 그들이 먹는 모습을 보고 순간 놀랐다. 그러다 '아차, 내가 실수를 했구나.' 하는 생각이 들었다. 왜냐하면 밥은 밥대로, 국은 국대로, 음식을 하나하나 차례대로 보조 접시에 담아 먹기 때문이었다.

우리 한국식으로 먹는 방식을 미리 알려주었어야 했다. 그런데 그걸 깜빡 놓친 것이었다. 그래서 "그런 식으로 먹는 게 아니라 밥과 국과 반찬, 그리고 그 외의 음식들을 동시에 먹는 것이 맛이 있어요."라고 말해 주었다.

그들은 우리가 먹는 식이 좀 이상한 듯 고개를 갸웃갸웃하더니 알았다고 말했다. 그러나 우리 식으로 몇 숟갈 잘 먹는듯하더니 여전히 자기네 식사법대로 한 가지씩 한 가지씩 가져다 먹는 것이었다.

서양의 식사법은 우리의 것과 상반된 개념이다. 우리의 밥상이 공간적 어울림의 개념인 데 반해 그들의 밥상은 수직적 개념이라 하겠다. 그들은 우선 음식을 먹는 사람에게 음식을 골라 먹을 선택권이 없다. 차례차례 순서대로 먹는 그들에게는 음식을 만든 사람에게 절대 권한이 주어진다. 음식을 만든 사람이 만든 순서대로 주면 받아서 먹는 일렬종대의 개념이다.

한 가지 음식을 먹고 난 후에 그 그릇이 치워지고 다음에 다른 음식이 도착한다. 또 그 접시가 치워지고 다른 음식이 들어온다. 여섯 접시, 아홉 접시, 열두 접시, 그러니까 간단한 저녁 식사라면 전식에서 디저트까지 여섯 번의 접시가 바뀐다. 그렇게 아홉 번이나 열두 번이 바뀌는 것이다.

프랑스 사람네 집에 초대되어 가면 우선 테이블에 앉는 것부터 불편하다. 키가 큰 그들의 의자는 높아서 내 다리는 땅에 닿지도 않아 3~5시간쯤 소요되는 저녁식사 시간 동안 다리는 퉁퉁 부어오른다. 게다가 한 가지 음식이 나오면 적어도 20~30분 이상의 시간이 소요된다.

그동안 포도주를 홀짝홀짝 마시며 계속 이야기를 한다. 말을 너무 많이 해 반쯤 소화된 다음에, 혹은 내가 무엇을 먹었나 잊을 때쯤 그 다음 음식이 나온다.

물론 많이 말하면서 즐겁게 식사를 하는 것은 좋다고 생각한다. 반찬을 죽 늘어놓은 밥상 앞에서 말을 하면 입에 있는 음식물이 밥상으로 튀어 나갈 수도 있다. 반찬도 눈앞에 있는데 말이 많으면 좀 어수선한 느낌을 받는 건 사실이다. 그들의 식탁에는 반찬이 없고 단출하니까 말을 많이 해도 그리 어수선하지 않다.

그러나 이렇게 한 가지씩 차례차례 처리되는 그 식탁에서는 색의 아름다움을 비교해 볼 겨를도 없고, 골라 먹을 선택권도 없다. 주는 대로 받아먹어야 하니 내 배고픔이나 배부름의 상황은 고려되지 않는다.

다음 음식을 기다려야 하고, 각자의 앞에 놓인 음식물은 스스로 책임지고 처리해야 하는 강제성에 우리는 적응하지 못한 것이 사실이다. 아마 이렇게 차례대로 먹는 습성은 잘 모르겠지만, 너그럽게 이해해서 유목민의 생활, 즉 위험으로부터 빨리 피해야 하고, 혹은 다른 곳으로 옮겨가야 하는 생활 관습 때문이 아닐까. 정착할 수 없는 이유로 우선 한 가지를 먹고, 시간이 있으면 또 한 가지를 더 먹는 생활에서 나온 습관에 기인한 것이라는 엉뚱한 생각을 해 본다.

물론 우리네 식생활이 저들의 그것보다 더 좋다, 혹은 그들의 것이 더 좋다 하는 식의 우열을 가리자는 말은 아니다. 왜냐하면 사람은 누구나 다 자신이 적응하며 살아온 그 생활이 편하고 더 좋을 테니까. 그러나 어쨌든 우리네 식생활에서 밥상의 정다운 점은 많은 종류의 음식을 하나의 밥상에 올리기에 보기에도 아름답고 먹기에도 푸짐하다.

이렇게 기분을 좋게 하는 음식을 자신의 현재 상태에 맞게, 말하자면 배고프면 많이, 배부르면 조금 먹을 수 있다. 자신의 식습관의 속도대로 빠르게, 혹은 느리게 어떤 형태로든 자유롭게 먹을 수 있다는 것이다. 게다가 음식을 올려놓은 채 밥상 이동이 가능하여 좀 더 편리한 장소로 옮겨 놓을 수 있다.

의자 수대로 앉아야 하는 저들의 밥상과는 달리, 사람의 수가 다소 넘쳐도 끼어 앉을 수 있고 또 끼어 앉아도 된다. 게다가 1인분, 2

인분 하며 각자의 접시가 아닌 냄비에 가득한 찌개라든가 공동으로 먹을 큰 접시에 담긴 반찬을 서로 나누어 먹을 수 있다. 그러기에 남에게 양보도 할 수 있는 따뜻한 마음의 여유가 우리네 밥상 언저리에 있다는 점이다.

마당 깊은 집의 하루 풍경

파리 중심가 그랑불르바르 거리에는 오페라 극장(Paris L'Opéra)이 있다. 프랑스의 유명한 건물이나 성당이 그렇듯 이 건물도 안팎 모두 조각과 그림, 지붕 위의 청동상 등으로 아름답고 화려하게 꾸며져 있다. 1923년 문화재로 공식 지정된 이 오페라 극장 앞에는 항상 관광객들로 붐빈다. 광장에서는 늘 음악공연도 있고, 그것을 구경하는 사람, 정문 계단에 앉아 있는 사람, 사진을 찍는 사람, 그곳에서 만나는 사람, 오페라를 보기 위해 들고나는 사람 등등……. 각종 인종이 모였다 흩어지는 곳이다 보니 계절에 상관없이 마치 인종 박람회장인 듯 사람들이 붐빈다. 황색인종인 나도 그 안에 들어가 음악회에 참가하기도 하였고, 밖에서 누군가를 만나기도 했다. 그리고 계단에 앉아 광장에서 느닷없이 열리는 공연을 보기도 하였다.

이 유명한 오페라 건물은 1875년 설립 당시 오페라 극장(Théâtre Nationale de l'Opéra)이라 명명하였다. 1978년 파리오페라(Paris L'Opéra)로 명칭이 바뀌었지만, 일반적으로 간단하게 '오페라'라고 부른다. 프랑스의 소설가 가스통 르루(Gaston Leroux, 1868~1927)가 이 극장을 무대로 한 소설 『오페라의 유령(Le Fantôme de l'Opéra)』을 1909년부터 1910년까지 일간지 『골르와즈(Le Gaulois)』에 연재하였다. 그 후 이 작품이 오페라 등으로 전 세계로 퍼져나가게 되었다. 나는 2년 전 뉴욕 브로드웨이에서 〈오페라의 유령〉을 관람하였다.

오페라에서 별로 멀지 않은 곳에 샤브롤이라는 작은 거리가 있다. 이 거리 35번지에서 37번지에는 거리 쪽과 거리 뒤쪽이 둥그스름하게 연결된 아파트가 있다. 파리의 모든 아파트처럼 이 건물의 정면도 역시 거리 쪽을 향하고 있다. 그러니까 거리 쪽에는 그럴싸하게 다소 고풍스럽게 치장되어 있어 상당히 좋은 집처럼 보이지만 내부 방의 시설은 그리 좋다고는 할 수 없다.

이 아파트의 출입구는 샤브롤 거리 쪽에 두 개가 있는데 하나는 37번지 뒷동으로 올라가는 출입구이며, 또 하나는 35번지 앞동으로 가는 문이다. 37번지 출입구에서 비밀번호를 누르고 들어서면 앞동 아파트 2층 밑으로 난 좁은 통로가 3미터쯤 되고, 그 통로 끝은 작고 둥근 마당과 연결된다. 그 마당은 지름이 내 보폭으로 열걸음 정도 된다.

이 마당 오른쪽으로 삐걱거리는 나선형 나무 계단을 올라가면 뒷동이다. 나는 주로 이 출입구를 사용하였으며 앞 동으로 가는 출입문으로는 한 번도 가지 않았다. 그 마당을 중심으로 4층짜리 앞 건물과 2층짜리 뒷건물이 연결되어 한 건물 형태를 갖추게 된 것이다. 프랑스는 원래 1층은 주거공간이 아니며, 우리식으로 2층이 1층에 해당하는 주거공간이다.

앞뒤 건물에 있는 방들을 자세히 세어보지는 않았지만 20여 가구가 넘을 듯하다. 마치 오페라 앞에 많은 인종이 모여 있듯이 한 공간에 여러 나라 사람들이 거주한다. 이 아파트에 사는 사람들은 누구나 작고 둥근 마당을 볼 수 있다. 말하자면 그 마당을 중심으로 마치 감시자처럼 앞건물에서는 뒷건물의 방 입구와 창문, 뒷건물에서는 앞건물의 뒷창문을 볼 수 있다.

그 뒷동 2층에 파리 7대학에 유학하고 있는 나의 큰딸이 사는 원룸 형태의 방이 있다. 자주 파리에 오기도 하고, 또 한때는 유학이랍시고 루앙에 4, 5년 머물기도 했지만, 이번 여름은 특별히 맘먹고 왔기에 천천히 파리 시내 구경을 하기로 했다. 특히 박물관, 미술관 등을 두루 다니고 있지만 오늘은 일요일이라서 오전 중에 장을 보는 일만 하고 집에서 밀린 일을 하면서 쉬기로 하였다.

외국인들도 마찬가지지만, 프랑스 사람들은 이웃에 피해를 주지 않으며 조용히 산다. 이 아파트도 예외는 아니어서 대체로 조용하다. 내가 프랑스에 도착하였을 때는 바캉스 철이라서 그런지 대낮에도 어느 집은 나무로 만든 겉창문인 볼래(volet)까지 닫혀 있고, 어느 집은 커튼만 가려져 있기도 했다. 비둘기들이 가끔 외출에서 돌아와 제 집에 들렀다가 햇살을 가르며 다시 어디론가 날아가는 일 이외에는 어떤 것도 보기 어려웠다. 이것이 내가 한 달 동안 있으면서 가끔 집에 있을 때 본 이곳의 겉모습이다.

그러나 2, 3일 전부터 바캉스에서 사람들이 돌아오기 시작했다. 오늘은 거의 모든 방에 사람들의 모습이 보이고 뭔가 여느 때와는 달리 어수선하고 시끄럽다. 한 달여 동안 너무나 조용하여 말도 크게 하지 못하고 지냈는데, 집집마다 사람들이 모여드니 오히려 나로서는 사람 냄새가 나는 것 같아 좋았다. 그래도 오전 중에는 조용했는데, 오후 서너 시가 지날 무렵 느닷없이 한 마담의 큰 소리가 들렸다.

학교에 가지 않고 집에서 쉬는 주말이면 이 시간쯤에 저 아줌마는 늘 고함을 지른다고 딸이 말했다. 그녀는 바로 우리 아래층에 사는 사람이다. 색이 낡은 금발에 다소 엉클어진 머리를 아무렇게나 틀어올리고, 물이 줄줄 흐르는 빨래를 자기네 집 난간에 널면서도 담배를 입에 물고 있다. 그 입으로 자신이 기르는 개에게 개나 알아들을 수 있는 말로 야단을 친다. 개는 깨갱깨갱하며 짖고 그녀는 큰 소리로 조용한 공간을 깨뜨리기 시작한다.

그녀의 말씨나 비틀거리면서 빨래를 너는 몸짓이 술에 약간 취한 듯, 아니면 좀 맛이 간 듯했다. 그래서 저 여인이 정상이 아니냐고 물으니, 그렇지는 않은 것 같은데 아무튼 이 시간이면 늘 똑같은 행동을 한다는 것이다. 물이 줄줄 흐르는 빨래를 널면서 늘어지는 말투로 중얼거린다.

개에게 발길질하는 그녀를 나도 넋 놓고 보고 있자니 앞건물 2층 집 창문이 열린다. 거기서 시끄러운 화답이 나온다. 웃고 떠드는 그녀들의 수다가 한참 동안 지속하는데 아무리 들어도 그게 어느 나라 말인지 도저히 알아들을 수가 없다. 방문을 열고 앉아 있는 나와 가끔 눈이 마주칠 때 눈웃음을 지어줄 뿐이다. 딸에게 물어보니 그건 유고 말이라고 한다.

두 유고 아줌마가 수다를 떠는 것이 너무 커서 못마땅한지, 아니면 그것이 신호가 되어 늘 그랬는지는 모르겠지만 갑자기 옆집에서 창문을 열면서 큰소리로 음악을 틀어버린다. 자세히는 모르지만 스페인이나 포르투갈 사람이 아닌가 싶다. 그들이 말하는 불어는 어딘지 좀 어색하기에 분명히 프랑스 사람은 아니라는 것을 알 수 있고, 또 검은 머리와 희지 않은 피부로 보아 그쪽 사람이라는 생각을 하게 된다.

그 남자는 반드시 그 유고 아줌마들 다음에 바로 그 음악을 틀곤

한다는 것이다. 클래식도 아니고 요즘 유행하는 샹송도 아닌 걸 보니 아마 자기네 나라 음악인 듯하다. 그러나 듣기에 과히 나쁘지는 않다. 어찌 되었든 음악을 듣는 일이란 소음보다는 좋은 것이다. 어떤 곡은 마치 우리나라의 가요 비슷하기도 하고 어떤 것은 민요 비슷하고, 어렸을 적에 엄마가 흥얼거리며 부르던 것과 같은 그런 가락도 있어 나름대로 친밀감을 느끼며 열심히 귀를 기울인다.

여기서 더 이상 어떤 소리도 진전되지 않으면 좋으련만 아직 순서가 끝나지 않았나 보다. 앞집의 배불뚝이 아저씨가 커튼을 열고 둥근 마당 쪽을 향해 붉은 혈색이 도는 얼굴을 쑥 내밀고 헛기침을 한다. 마치 곰이 동굴 속에서 긴 겨울잠을 자고 나서 봄이 되었을 때 기지개를 켜면서 내는 소리라면 아마 이런 소리가 났을 것 같다. 그런 웅장한 울림을 마당 구석구석에 퍼뜨린다. 목은 거의 없고 배 둘레는 8백년 이상 살아온 이천 옹달샘 마을의 은행나무처럼 굵어서, 보기에도 더운 아저씨가 이맛살을 찌푸리면서 그런 소리를 내니 슬그머니 무서운 기분까지 든다.

그리하여 이 아파트에서의 소음은 그 아저씨의 기침 소리에 묻혀 약간 진정이 되고 침묵이 흐른다. 그리고 이 아파트 둥근 공간에 좀 썰렁한 기운이 휘돌면서 이제는 모든 잡음의 순서가 끝난 것 같다. 그저 자연의 소리나 무난한 소리만 있을 뿐이다. 말하자면 비둘기들이 날아왔다 가는 소리, 햇살이 둥근 마당에 내려앉는 소리, 햇살

사이로 부는 바람 소리, 낮게 틀어놓은 음악 소리 뭐 그런 소리뿐이다.

나도 저 유고 아줌마처럼 빨래나 하자 싶어 빨랫거리를 챙겨 화장실로 들어갔다. 빨래를 끝내고 방을 청소하고 몇 가지 반찬과 저녁식사를 준비하였다. 아침에는 바게트와 치즈 등으로 식사하지만 이놈의 한국 입은 계속 그렇게 먹게 내버려두지를 않아서 저녁엔 한국식으로 먹는다.

그러고 나니 시간이 많이 지났고 조금씩 어두워지기 시작한다. 덥고 좁은 방이 갑갑하여 여전히 방문을 열고 난간에 걸터앉아 있는데, 앞동 복도를 지나 2층에서 3층 계단을 오르는 사람들이 보인다. 사람들이 돌아오고 창문이 열리고 방마다 불이 켜진다. 뭔가 충만해 보이는 동네 같다.

앞동 2층 어느 방에서 불이 환하게 켜진다. 거긴 흑인이 살고 있는데, 그 집에는 뮤즐만의 교주가 사는 것 같다고 한다. 하얀 '이흐람'을 입은 여남은 명이 꼿꼿하게 몸을 곧추세우고, 마치 거국적인 일을 도모하기 위해 모여드는 레지스탕트처럼 조용하고도 장엄한 걸음걸이로 삐걱거리는 계단을 일렬로 올라와 그 흑인의 집으로 간다.

이 시간쯤 되면 늘 그렇게 모여 예배를 드린다고 한다. 그러나 늘 저 옷차림이었는지 딸에게 묻고 싶었는데 마침 그때 딸이 통화 중이어서 물어보지 못했다. 방안에 들어선 그들이 길고 긴 비주를 하고 나자 불그스름한 등불이 켜지고, 여자들은 모두 그 방에서 나가고 남자들만 남았다. 뭘 하려는 건가 열심히 보고 있자니 무슨 제단 앞에 서서 옷매무시를 고치고 몸을 곧바로 세운다.

잠시 후에 중얼거림이 들리더니 절을 하기 시작한다. 언젠가 누군가에게서 들은 적이 있는데 그들은 늙어 죽을 때까지 하루에 다섯 번씩 예배를 보면서 그때마다 "나는 알라 이외에 신이 없음을 증언합니다. 나는 무함마드가 알라의 사자임을 증명합니다"라는 말을 한다고 했다. 언제나 같은 시간에 같은 방법으로 진행되는데, 알라를 향해 수없이 절을 하는 예배의 시작이다.

한참을 계속하는 예배 시간, 내가 보기에는 그저 수없이 절만 하는 것처럼 보이는데 아마 그들 나름대로 방식이 있고 횟수가 있을 것이다. 일요일이라서 그런지 근처 가까운 성당에서 종소리도 들려온다. 이 세상에서는 이 시간에 각각의 인종이 그들의 신을 향한 종교예식을 올리고 있음을 의미한다.

나는 사춘기 아이처럼 도대체 종교란 무엇인가, 종교가 인간에게는 어떤 의미인가라는 의문이 들었다. 왜냐하면 '이 한 세상 사는 것이 너무 복잡하고 길어서 가끔 그만 살고 싶다. 그래서 어서 살다 죽으면 좋겠다. 혹은 죽으면 이것저것 다 놓아버려서 아무것도 아니니 좋을 것 같다.' 뭐 그렇게 생각할 때가 있었는데 그건 잘못된 생각인가? 이 세상에 사는 것만으로는 너무 짧아 더 길게 살고 싶어 내세(來世)라는 것을 만들어 놓고 믿어야 하는 것이 인간 본연의 자세인 건가? 그래서 기도가 많은 건가? 영원히 살고 싶은 욕망 때문에, 아니면 허약해서, 사악해서, 일상에 대한 소원이 많아서, 두려움 때문일까.

기도가 그리 많은 이유가……? 유일무이하고 영원한 하나님이라고 하면서 그 하나님을 숭배하는 인간들은 그리스도교네 이슬람이네 하면서 그룹을 만들어 각자 기독교인, 모슬렘, 천주교인 하는 건 역시 인간의 욕심이 아닌지. 무하마드가 알라의 사자라면 그리스도교에서 예수는 하나님의 사자이겠지. 결국 하나님을 제쳐놓고 무하마드를, 예수를 믿는 것이 아닌가. 그래서 각자 기독교인, 모슬렘, 천주교인 하는 것이겠지.

이 세상에는 무슨 신이 그리 많고 무슨 사자가 그리 많은지……. 한참 동안 계속되던 뮤즐만의 예배가 끝나자 붉은 등불이 꺼지고 다시 환한 등불이 켜지고, 다른 방에서 쥐죽은 듯 있던 흑인 아줌마들이 갑자기 참을 수 없는 큰 소리로 웃으며 떠든다. 그 소리는 말이라기보다는 일종의 함성이거나 괴성이다. 내가 알아들을 수 있는 그들의 언어는 웃음소리밖에 없다.

일반적으로 그 아줌마들의 소리가 작다고는 할 수 없지만 오늘 저녁만큼 큰 적은 없었다고 한다. 아마 오늘 저녁은 뭔가 더 좋은 일이 있는지, 아니면 하나님의 응답을 통쾌하게 들었다는 전갈을 받았는지 유난스럽게 말소리와 웃음소리가 크다고 딸도 말한다. 그 소리가 너무 커서, 마치 이 둥근 공간이 통째로 발작을 하면서 몸을 뒤틀며 하늘로 오르는 것 같아 나도 참기가 어려울 정도로 어지럽다. 그러면서 저 웃음의 함성이 언제쯤 끝날까 두렵고 불안한 마음으로 가슴 조이며 기다린다.

그때 뮈즐만 교주네 아래층 왼쪽 집의 창문이 열린다. 히틀러가 발음했음 직한 무뚝뚝하고 사납고 큰 음성으로 독일인이 소리를 지른다. 뭐라 하는지는 모르겠지만 아무튼 그 소리 후에 잠시 이 둥근 마당이 조용해졌다. 그때 바로 우리 옆방에 사는 대학생인 듯한 프랑스 여자가 조용히 문을 열고 나오다가 나와 눈이 마주치자 인사를 한다. 나도 짧게 봉주르라 말한다. 그녀는 조용히 그 나선형 계단으로 내려간다.

그녀는 며칠 전 큰 가방을 들고 어디선가 오더니 하룻밤을 보낸 뒤 그 다음 날 아침에 나가서 저녁 무렵 어떤 청년을 데리고 왔다. 그리고 사흘이 지나도록 코빼기도 내밀지 않았었다. 가끔 쿵당쿵당 하는 소리만 들릴 뿐이었다. 그 학생과 우리만 거의 소리를 내지 않았고, 다른 집에서는 생전 처음 듣는 언어들을 창문 밖으로 쏟아놓았다. 생김새로 보나 말씨로 보나 이 아파트에 사는 사람들 거의 모두가 각기 다른 나라 국적을 가진 사람들인 것 같다.

여전히 난간에 앉아 이집저집을 보고 있자니 집으로 돌아와 셔츠나 양말 짝을 빨아 물이 줄줄 흐르는 것을 창문 귀퉁이에 너는 사람도 있고, 창문을 열어놓고 웃옷을 훌훌 벗어버린 채 방안을 서성거리는 사람도 보였다. 저녁이 되니까 비둘기 두 쌍도 외출에서 돌아와 만만치 않게 푸덕거렸다.

옆방 여자가 빵을 사가지고 삐걱거리는 계단을 올라오기도 하고, 창문을 닫은 집도 있고, 우리처럼 문을 열어놓은 집도 있다. 불을 끈 집이 있는가 하면, 저녁식사를 하는 집도 있다. 이렇게 누군가에 의해 한 소음이 소멸하면 또 한 소음이 소생하는 늦은 저녁나절, 그 별스러웠던 웃음소리, 말소리도 조금씩 잦아들고 지금은 음식 냄새를 풍기기 시작한다.

그런데 그 음식 냄새가 사람을 죽인다. 제일 먼저 우리 맞은편 옆집, 그 뮤즐만 교주네 아랫집에서 풍겨 나오는 냄새다. 양말을 널고 나더니 음식을 준비하나 보다. 그는 마로크 사람이다. 그들의 음식에는 양파를 많이 사용하는지 양파 냄새가 그들 특유의 소스와 합쳐져서 나에게는 마치 양파가 상할 때 풍기는 냄새 비슷하게 느껴진다. 그는 바로 그 이상한 냄새를 깊고 둥근 마당에 마구 쏟아놓는다. 그 냄새는 차츰 위로 올라오면서 아파트 전체에 풍긴다. 나도 좀 전에 거기다 그들이 싫어하는 된장찌개 냄새를 쏟아놓기도 하였다.

이렇게 하여 둥근 마당에는 온갖 나라의 말이 쌓이고, 고요가 쌓이며, 햇볕이 내뿜는 뜨거운 열기도 쌓인다. 바람이 쌓이고, 먼지가 쌓이고, 이곳을 떠나지 못하는 자의 분노가 쌓이고, 고국을 그리는 자의 서러움도 쌓이고, 향수에 젖는 노래가 쌓이고, 여행자의 피로가 쌓이고, 종교가 쌓이고, 신이 쌓이고, 음식 냄새가 쌓이고, 비둘기 날개 깃털이 쌓이고, 그 위에 또 무엇이 쌓이고, 또 풍기고……

파리 중심가 오페라 극장 가까운 샤브롤 거리에 있는 아파트에 백인, 황인, 흑인, 하얀 흑인, 까만 황인, 다양한 인종이 모여 각기 다른 생활방식으로 살아가고 있다. 오늘 집에서 내 나름의 해야 할 일들을 처리하고 있을 때, 저들도 빼놓을 수 없는 저들의 일을 하고 있다.

오페라에서 열리는 뮤지컬을 보듯, 오페라를 보듯, 연극을 보듯, 수많은 별 중의 하나인 지구, 지구 한 모퉁이의 파리, 파리의 작은 샤브롤 거리, 그 거리에 접해 있는 이 '마당 깊은 집'에 모여 사는 사람들의 하루 치 단막 뮤지컬이 여름 햇살이 따갑게 내리쬐는 어느 오후에 공연되었다. 내가 본 그 영원의 순간들을 지금 말하고 있다. 성당에서는 시간을 알리는 종소리가 또 들려온다.

불문과 창과 50주년을 축하하며

별로 산 것 같지 않은데 내가 대학에 입학한 것이 벌써 50년 전이란다. 돌아보니 그때가 좋은 시절이었다. 아이도 아니고 인생을 알아버린 어른도 아니고, 에너지는 넘치고 그래서 희망도 넘치는 시절.

전쟁을 치른 우리나라의 1950~1960년대란 참혹하다고밖에 말할 수 없던 시절이어서 책을 사서 읽는다는 것이 그리 호락호락한 일이 아니었다. 어쩌다 책 한 권이 손에 들어오면 읽고 또 읽곤 하였다. 고등학교 때 프랑스에 대해 막연한 동경 같은 것이 있어 불문과를 선택하게 되었고, 프랑스 문학을 원어로 배우게 되고, 게다가 대학도서관에서 맘껏 책을 빌려볼 수 있다는 것, 대학에 간다는 것이 그렇게 좋을 수가 없었다.

문학, 철학 등의 책을 하루에 한두 권씩 4년을 읽어댔다. 그 당시는 요즘처럼 학교 내에서의 동아리도 그리 많지 않았던 시절이기도 했지만, 자유로운 것을 좋아하던 내 기질이 학교 외에서의 활동을 더 선호하여 그림전시, 음악다방, 프랑스 문화원에서 영화를 보거나, 조조할인 영화를 온종일 보기도 했다. 다른 과에 가서 청강도 했다. 3학년 때인지 4학년 때인지 모르겠는데 그 당시 아래 학년에 소설 강좌가 있었다. 그 내용은 메리메의 소설 카르멘이었다. 그 과목을 신청해서 들었다는 이유로 학과장에게 불려가 핀잔을 들었는데 지금도 내가 왜 핀잔을 들어야 했는지 이해를 할 수가 없다.

　불시 외우기, 외부에서의 대학생 문학서클 활동, 술집에서 철학을 말하고 많은 것을 보고 배우느라 도무지 그 흔한 데이트할 시간이 없었다. 프랑스 상징시에 매혹되어 난해하기 짝이 없는 시를 제대로 이해 못하면서도 외웠다. 랭보의 놀라운 감수성에 푹 빠져 헤어나오지 못한 채 무조건 외웠던 「지옥에서의 한 계절」이다.

　　자! 행진, 무거운 짐, 사막, 권태, 그리고 분노.
　　누구에게 나를 찬미할까?
　　어떤 짐승을 숭배할까?
　　어떤 성상(聖像)이 공격될까?
　　어떤 심장을 나는 부셔야 할까?
　　어떤 거짓말을 지켜야만 할까?

어떤 피 속을 걸어야 할까?

–「지옥에서의 한 계절」일부

폴 베르렌느의 말처럼 '바람 구두를 신은 사나이' 랭보의 시 때문에 그가 무한천공으로 떠난 지 백년이 지나고 내가 프랑스 유학시절 두 번씩이나 찾았던 그의 고향 샤를르빌 메지에르.

늠름한 모습을 자랑하는 성채, 구불구불한 낡은 도로들이 교차하는 메지에르는 의연한 모습으로 우뚝 서 있다. 맞은 편 샤를르빌은 우아하게 굽이치는 뫼즈 강 수면에 차분한 모습을 드리우고 있다. 17세기 풍의 뾰족한 지붕을 가진 집들, 고풍스러운 물방앗간, 성 세필퀴르 광장, 그리고 벨기에로 흘러가는 뫼즈 강안(江岸)의 인적 없는 골짜기 너머까지 뻗쳐 있는 완만한 구릉…….

랭보 전문가인 피에르 프티피스와 앙리 마따라쏘가 공저한『아르뛰르 랭보의 생애』첫머리에 그의 고향 샤를르 빌은 이렇게 묘사되고 있다.

파리에서 두 시간 반 정도의 거리, 독일 국경에 인접해 있는 작은 마을. 그의 고향 역 앞 광장, 랭보가 생전에 "보잘것 없는 잔디로 구획된 광장"이라고 빈정거렸던 바로 그 자리에, 작고 네모난 베고니아 화단이 있고, 그 안에 단정하게 머리빗은 방랑과 반항, 그리고 모험에 찬 랭보를 전혀 닮지 않은 랭보의 흉상이 있다.

이 흉상이 있는 역전 광장을 벗어나 그 길로 좀 걸어가노라면 랭보 서점이 있다. 그 집이 바로 랭보가 태어난 곳이다. 그 옆으로 뫼즈 강이 흐르고 그 위에 랭보가 '옛 물방앗간'이라 불렀던 허름한 석조 건물이 있다. 이 방앗간 1층과 2층은 향토자료 전시실이며, 3층이 랭보 기념관으로 사용되고 있다.

그의 중학교 때 성적은 올 A. 이곳 뫼즈 강과 석조건물 등을 감동스럽게 보지 않을 수 없었다. 가물어 바닥이 거의 보일 정도로 우리나라의 냇가라 할 수 있는 이 작은 강, 그것의 출렁거림에서 그는 그토록 큰 대양, 태산 같은 풍랑과 파도를 보고, 그의 유명한 시 「취한 배」를 태어나게 한 바로 그 강이기 때문이다. 그 뫼즈 강을 따라가면 샤를르 부테 거리로 접어들고 그곳에 그의 가족묘지가 있다.

15살부터 19살까지 번갯불이 비치는 찰나만큼 짧은 기간 동안 내가 좋아하는 시를 쓰게 했던, 그의 번뜩이는 영혼이 잠든 묘 앞에 한 송이 튤립을 바치면서 '당신에게 한때 매료되었던 극동의 한 여인이 왔다 간다.'고 마음속으로 말했다. 내 말을 이 위대한 시인은 알아들었을 것이다. 불문학을 공부했다는 이유로 프랑스의 많은 시인이나 소설가들의 삶의 행적, 작품의 무대 등지를 찾아다닌 것. 그러다 보니 프랑스 전역을 다녔다 해도 과언이 아닌, 이 또한 돌아보면 삶의 큰 즐거움이 아닐 수 없다.

한 생애를 놓고 볼 때 4년이란 그리 길지 않은 시간임에도 한평생을 지배하게 됨을 나는 나를 통해서 보게 된다. 지금까지 사회생활을 하면서, 그때 배웠던 시인 소설가들, 그때 읽었던 책들, 내 나름대로 즐겼던 취미활동 등이 세월이 갈수록 더욱 가치 있는 필요성으로 부각되는 것이다.

누구나 살면서 한 번쯤은 겪게 되는 "굴러떨어지는 커다란 바위를 끊임없이 산꼭대기까지 굴려 올려야 하는" 고된 삶이든, "한가로이 사랑하고 사랑하다 죽는(Aimer à loisir, Aimer et mourir)" 삶이든 아무튼 "살려고 시도해야 한다(il faut tenter de vivre)."는 것이다. 그러기에 거룩하리만큼 아름다운 대학 4년이 조탁되고 쓰다듬어져 후배들의 삶에 진실되고 든든한 초석이 되길 바라는 마음이다.

페르 라쉐즈 공원묘지

역사와 환경에 따라 죽음을 받아들이는 풍습도 달라서 장묘 양식
도 다르게 나타난다. 우리는 삶과 죽음을 철저하게 분리해 놓고 죽
음은 영원한 이별이라 생각하여 슬픔에 비중을 두고 있으며 사자(死
者)를 신격화하는 경향이 있다. 묘지에 대해서도 경외의 마음을 가
지고 있어 성묘하는 날이 따로 있으며, 음택풍수라는 개념에 근거
하여 묏자리를 선택한다. 묘역은 바로 생전의 부와 권력을 상징하
는 것이기에 넓은 면적을 차지한다.

그러나 중세부터 기독교의 지배 아래 있던 유럽의 사고방식은 부
활사상에 근거를 두고 있다. 죽음은 하나님의 부름을 받은 것이라
여겨, 언젠가는 하나님의 나라로 가야 하기 때문에 육신을 보존해
야 한다는 사상으로 발전했다. 교회를 중심으로 장례를 행하면서
시신(屍身)이 교회 뒤뜰이나 지하실, 혹은 성당 내부에 안치되며, 영

주나 귀족 등 부유층들은 성안에 가문의 묘나 납골당(실내묘소, colombarium)을 설치하여 사자들을 가까이에 두었다.

프랑스 묘지의 특성을 보면 카보(Caveau)와 앙프(Enfeux) 두 가지 형태로 구별된다. 앙프는 이탈리아, 스페인, 마르세유 등지에서 흔히 행하는 것으로 시신을 보관하기에 지하가 잘 맞지 않은 이유 때문이지 지상에 작은 아파트 형식으로 설치하여 대단위로 시신을 안치한다.

'카보'는 0.5평 정도의 넓이에 5십~2백 센티미터 이상 땅을 깊게 파고 차례차례 관을 쌓아, 최고 4명까지 보관할 수 있는 일종의 지하 아파트 묘지 형식이다. 프랑스의 장묘법에는 묘지에 대한 면적을 몇 평 이하로 규정하는 항목이 전혀 없음에도, 이러한 방식으로 한 사람이 들어갈 공간에 가족 모두를 안치할 수 있는 장점이 있어 이 방법을 사용한다.

주거지역과 멀지 않은 곳, 주로 도시나 성당 중심의 묘지를 이용하다 보니 18세기 대혁명 당시 파리 근교에는 2백 여 개가 넘는 공동묘지가 있었다. 수세기에 걸쳐 많은 파리 시민들이 매장된 이 공간은 수용한계를 초과하게 되고, 게다가 무연고자의 묘가 늘어나 관리소홀로 악취를 풍기는 혐오시설로 전락하게 되었다. 이러한 프랑스 장묘문화는 18세기 프랑스 대혁명 이후 획기적으로 바뀌게 되었다. 나폴레옹 1세가 도시개조 정책의 하나로 묘지 대개혁을 단행하기로 결정했기 때문이다.

기존의 공동묘지들을 과감히 폐지하여 그곳에 공공시설을 건설하였다. 이때 폐지된 2백 여 공동묘지에서 나온 유골들을 유족에게 인도하고, 무연고 유골들은 파리 남부에 있는 지하묘소(카타콤브, catacombe)에 안치하였다. 또한 파리 성곽 외부에 정원묘지를 새로 만들기 위해 당시 파리 도지사인 프로쇼(Nicolas Frochot)는 건축가 A. 부로니야르(Alexandre T. Brogniart)에게 설계를 맡겨 영국식 정원풍경 양식으로 묘지를 조성하였다. 이것이 파리에서 제일 먼저 생긴 공원식 묘지 페르 라쉐즈(1804, Père François de la Chaise)이다. 이는 루이 14세의 고해 신부의 이름이기도 하다.

뒤이어 몽파르나스(1824), 몽마르트르(1825) 등에 대규모 공동묘지를 조성하였고, 그 후 파리 외곽 7개의 언덕에 크고 작은 규모의 묘지가 확대 설치되었다. 그러나 20세기에 들어와 파리 시의 확장으로 외곽에 있던 이들 공원묘지들이 다시 파리 시에 편입되는 결과가 되었다.

페르 라쉐즈는 파리 20구에 있는데, '묘지 심미학'이라는 학문이 발달했을 정도로 프랑스는 공동묘지에 대해서도 각별히 관심을 두고 관리하고 있다. 이곳 역시 정문을 들어서면 우선 깨끗한 화강암으로 조각한 '공동 유골장'이 눈에 띄는데, 시각적으로 깨끗하고 아름다워 심리적으로 안정감을 준다. 마리아를 숭상해서인지, 아니면 인간이 어머니에게서 태어났음을 말하기 위해서인지는 잘 모르겠지만, 아무튼 조형물에 여성상이 많다.

정해진 좁은 면적에 수직으로 세운 조형물 하나하나가 예술적으로 표현되었기에 조각공원이라 불러도 과언이 아니다. 프랑스 정부는 페르 라쉐즈의 묘지 건축물과 조각품 등을 역사적 유물로 보존하기 위해 문화재로 인정하고, 철저하게 관리하고 있다.

녹지시설도 탁월하여 주민들의 산책로로 이용되며, 이곳에서 휴식을 취하기도 한다. 이렇게 좋은 시설을 만들어서인지는 몰라도 설문조사에 의하면 프랑스 사람들의 연평균 성묘횟수가 대체로 10회 이상이라 한다.

물론 다른 곳도 마찬가지이겠지만 이곳 역시 미술가, 음악가, 철학가, 소설가, 시인, 일반인 등 수많은 영혼이 잠들어 있어 그곳에 가면 평소에 좋아하거나 존경하는 이들을 한꺼번에 만날 수 있다는 점이 좋다. 사실 이 공원묘지가 만들어질 초창기에는 그리 활용되지 않았는데, 시 당국은 시민들에게 새 묘지 사용을 권장하기 위해 "사후에 모든 사람은 평등하다."라는 구호로 유명인들의 무덤을 옮기기로 결정하였다. 1817년 몰리에르와 라퐁텐느를 이장하여 둘이 나란히 있도록 했다.

그 이후 1830년까지 묘가 급속히 늘어나 3만 3천 기에 이르게 된다. 현재는 그 면적이 1백 헥타르에 이르며 10만 기의 분양묘소에

50만의 유해가 안치되어 있고 2만 6천5백 기의 납골당이 있다. 이 공원묘지는 크고 작은 분묘단지가 97개로 구획 정리되어 있으며, 묘지 사이사이로 조경이 잘 가꾸어져 있고, 가족이나 죽은 사람의 뜻에 따라 만들어진 조각품들이 곳곳에 있어 공원의 분위기는 더욱 더 정교하고 품위가 있다. 이곳은 관광명소로도 자리 잡게 되었으며 2001년에는 방문객의 수가 2백만 명에 이르렀다.

1960년대부터 프랑스 정부는 묘지난을 해결하기 위해 시한부 묘지제도를 실시하는데 10, 30, 50년 단위로 무덤을 임대하고 있다. 기간이 만료되면 재계약을 할 수 있고, 임기가 끝난 유골은 화장한다. 이곳 페르 라쉐즈의 묘지형태는 카보인데, 화강암 평석에 다양한 모양의 조각을 설치한 곳이 많고 아담한 집을 세워 둔 곳도 있다.

파리에 오면 난 으레 한 번씩 여기에 오는데 주로 찾는 곳은 시인이나 미술가, 혹은 음악가들의 무덤이다. 사실 며칠 전에 왔었는데 10년도 더 지난 지도를 가지고 와서 내가 찾고 싶었던 분들을 찾지 못했다. 이곳이 새로 구획정리된 것을 몰랐다. 그래도 여러 번 왔으니 기억으로라도 찾을 수 있으련만 워낙 길눈이 어두운 내가 어떻게 찾을 수 있겠는가. 그때 지도로는 아무리 헤매도 아무도 찾을 수 없어 몇 시간을 배회하다 오늘 다시 새 지도를 사가지고 들어왔다.

파리의 일기가 그렇듯 9월이 되면서 비도 자주 오고, 이런 기후가 나에게는 싸늘한 초겨울같이 느껴진다. 오늘도 예외 없이 비를 흩뿌렸고, 오후가 되면서 다소 추운 날씨로 변해 미리 준비한 두툼한 스웨터를 입고, 새로 산 지도에서 하나하나 주소를 확인하면서 많은 시인을 만났다.

특히 내가 좋아하는 엘뤼아르를 방문했는데, 지난번 왔을 때와 위치가 바뀌었는지 새로 단장해서 그런지 아무튼 뭔가 바뀐 듯했다. 조경을 새로 해놓았기 때문에 지리에 어둔한 나로서는 그렇게밖에 생각되지 않았겠지. 아무튼 그의 무덤 앞에서 한참을 서 있다가 잠시 묵념을 하고 나서, 그 외에 아폴리네르, 사랑보다 삶을 선택한 여자, "죽은 여인보다 잊혀진 여인이 더 불쌍하다."라고 말했던 여인, 아폴리네르로 하여금 센 강 미라보 다리 위에서 울게 한 여자 마리로랑상도 찾았다.

위고, 뮈세, 프루스트, 발자크, 알퐁스 도데, 짐 모리슨, 에디트 피아프, 이브 몽탕, 쇼팽, 모딜리아니, 여인들의 립스틱 자국으로 뒤덮인 오스카 와일드의 묘 등등 오후 내내 여기저기를 다녔다. 그들이 나를 반기는 것도 아니건만 나는 왜 이렇게 다리가 아프도록 그들을 찾아다니는지 모르겠다. 대개 반 평도 채 안 되는 묘역에 가로 0.8미터, 세로 1.6미터, 높이 30센티미터 가량의 화강암 평석이 덮여 있다.

살아서는 한나라의 운명을 좌지우지했건만 죽어서는 가족들과 함께 소박하게 잠들어 있는 프랑스의 제3공화국 대통령 펠릭스 포레(Felix Faure, 1841~1899)도 결국엔 3평에 잠들어 있다. 이처럼 유명 인사들의 묘를 일반 시민과 함께 쓰고 있음을 보면서 '이것이 바로 프랑스인들의 평등 정신이구나.' 하는 생각을 하게 된다.

그러나 영화배우로서, 가수로서 사회적 명예와 부를 누렸던 이브 몽탕이라든가 짐 모리슨, 에디트 피아프 같은 가수의 경우, 그 묘석 위에는 항상 장미, 백합 등의 꽃들이 많이 있어 불멸의 인기인임을 말하고 있다.

마이클 잭슨도 10억의 사람이 지켜보는 가운데 장례식이 치러진 걸 보면 역시 대중에게 많이 알려진 사람들의 묘소는 아름답다. 그러나 미국에 갔을 때 우연히 가게 된 작은 공원묘지에서 메릴린 먼로의 묘를 보았다. 이것이 진짜 당대의 여배우 먼로의 묘일까 싶을 정도로 메릴린 먼로라고 새겨진 작고 초라한 평석이 잔디풀 속에 숨겨져 있었다. 찾는 이도, 아는 이도 없는지 꽃 한 송이도 없었다. 마찬가지로 이곳에도 대부분의 시인이나 화가들의 묘소에는 꽃들이 그렇게 화려하게 많이 놓여 있지 않았다.

30여 년 전 처음 이곳에 왔을 때 난 이 공원묘지에 대한 특별한 정보를 가지고 있지 않아 별로 오고 싶지 않았던 것이 사실이다. 그래도 공원묘지가 어떤 모양일까 호기심이 생겼다. 내가 좋아하는 시인들 묘지 앞에 꽃 한 송이씩을 놓고, 우리 식으로 절은 하지 않앗지만 묵념을 하였다. 아마 내가 좋아하는 시인을 이렇게라도 만날 수 있었던 감동 때문이었으리라. 그 당시 묘에는 잡풀들이 우거져 있었고 좀 방치된 듯한 모습이었다.

아무도 그들을 찾지 않은 듯 누가 왔다 갔다는 어떤 흔적도 없었다. 먼 동방에서 온 흠모자의 마음을 서글프게 했었다. 그러나 지금은 유명했던 문인, 화가 등이 잠든 묘는 새로 바뀐 듯했다. 깨끗한 대리석 묘 주위에 관광객을 위한 것인지, 아니면 그 죽은 자들을 위한 것인지 잘 모르겠지만 누군가에 의해 한두 송이 꽃이 놓여 있기도 했다.

시 당국에서 그렇게 배려한 것이 아닐까. 여기저기를 다니면서 이 사람 저 사람을 만나면서 홀로 그들과 이야기도 하고 그들이 지은 시도 생각해 보며 그들의 노래도 흥얼거려 본다. 그렇게 묘지공원을 돌아다니다가 누군가의 장례식을 보게 되었다.

몇몇 사람이 땅을 파고 구덩이에 관을 넣고 있었다. 난 슬금슬금 다가갔다. 20세기 최대의 음유시인으로 칭송받는 조르즈 브라상스(Georges Brassens)가 자기 시에 곡을 붙여 부른 〈무덤 파는 사람〉이라는 샹송이 생각났다. 5절로 된 그 가사의 마지막 부분이다.

보지도 알지도 못한, 선량한 주검이여, 안녕!
어쩌다 땅속에서 신을 보거든

그에게 나의 고통을 말해 주오.

마지막 삽질은 괴로웠노라고

난 가련한 무덤 파는 사람.

사람이 태어나서 성장하고 그리고 죽음에 이르는 일생을 생각해 본다. 그들이 살아왔을 인생길에서 화려했던 시절, 슬펐던 순간들도 있었을 테고, 그러면서 사는 동안은 지금의 나와 별반 다르지 않은 일상의 감정으로 살았을 테지. 그들의 마지막 모습을 통해서 어느 날 있을 그때 나의 모습을 멍멍한 마음으로 엿보고 있다.

어느 누구도 결코 그들의 죽음을 빌지 않았을 텐데 그들은 우리에게 자신들이 살아온 자취만을 살짝 보여주고 가버렸다. 한마디 말도 주고받을 수 없는 산 자와 죽은 자의 이 완벽한 격리, 죽음을 있는 대로 그냥 보아 넘겨도 될 텐데 그것이 그리 쉽지가 않다. 아마 사람들은 죽음이라는 상태가 현존하는 자신과 너무 멀리 떨어져 있어 캄캄하고 답답하여 또 다른 삶의 시작이다, 어쩌고 하면서 부활을 생각했는가 보다.

죽음은 역시 죽음이고 다시는 볼 수 없다. 사자와 생존자와는 어느 말로도 소통할 수 없다. 아무것도 죽은 자의 손에 쥐어진 것이 없지 않은가. 살아생전 무겁다던 삶의 무게는 다 어디에 풀어놓았는가. 그의 짐을 세상에 풀어놓아 후세가 나누어 짊어지는 걸까.

그래서 삶의 무게가 내 것과 합쳐 그리 무거운 건가. 삶이 무거워 누구나 마디마디 관절염을 앓는데 결국 측량할 수 없는 그 삶의 무게란 또 무엇인가. 그 장례식을 바라보면서 울음은 나오지 않지만 목구멍에 무엇이 넘어가다 걸린 듯 막혀서 갑갑하다.

몇 시간을 여기저기 찾아다니면서 많은 분을 만난 뒤 납골당으로 갔다. 가톨릭의 영향이 큰 프랑스는 매장풍습이 강하게 남아 있는 나라이지만 1889년 프랑스에서는 처음으로 페르 라쉐즈 묘지에 화장장을 설치하였고, 1961년 로마 바티칸으로부터 그리스도인의 화장을 허가받아 화장장 주변에 ㄷ자 모양의 회랑식 납골당을 만들었다.

죽은 자들에게 임대아파트를 사용하도록 하기 위해 프랑스 정부는 묘지조성으로 인한 도시 개발지나 경작지의 손실을 막고 효율적인 묘지이용을 위해 지속적이고 다양한 홍보를 하여 화장률이 꾸준히 상승하고 있다.

화장은 도시공간과 위생, 환경문제를 동시에 해결하고 장례비용을 절감할 수 있어 갈수록 호응을 얻어, 파리 시의 화장률은 최근 15퍼센트까지 늘었다. 그리고 분골의 60퍼센트는 바다나 강, 29퍼센트는 공동묘지 안에 있는 '추억의 정원'에, 8퍼센트는 아파트식 납골당에, 3퍼센트는 개인 납골당에 안치된다.

그런데 이 납골당 안에 들어서면 어둡고 우울하다. 원래 나는 지하를 좋아하지 않는다. 그래서 노래방도 지하이면 될 수 있는 한 가지 않으려 하고, 차도 지하 주차장에는 세우고 싶지 않다. 그래서일까, 아니면 우리의 인식에 젖어 있는 죽음에 대한 개념 때문일까, 어쩐지 으스스하다.

그래도 부스스 몸을 떨면서 이곳저곳 다녀 본다. 납골당은 가로 세로 30센티미터, 깊이 50센티미터 규모이다. 여기에 들어가 있는 마리아 칼라스, 이사도라 덩컨, 막스 에른스트 등을 만났다. 그 목소리, 그 춤, 그 그림, 모두 이 세상에 두고 여기 한 뼘의 공간에 들어가 영원을 꿈꾸고 있는 것인가.

며칠 전 내가 퐁피두센터에 갔을 때, 그의 그림 앞에서 숙연했었던 막스 에른스트, 어느 것도 영원한 것은 없다. 어느 날엔가는 지워질지도 모를 그의 이름 앞에서 난 망연해진다. 불꽃 튀는 예술혼, 날갯짓하며 퍼덕이던 푸른 영혼, 고뇌하던 젊은 날의 붉은 상처자국들, 그 모든 것 다 털어놓고 이렇게 한 줌의 재로, 한 줄의 이름으로, 한 송이 석고 꽃으로 남은 것이다.

하늘을 향해 시퍼런 칼날로 꼿꼿이 서 있어야 할 영혼들, 누군가가, 혹은 누군가를 지독히 사랑하였을 영혼들, 산 자와 죽은 자의 이 완벽한 이별을 통해 분리된, 서로를 갈라놓는 냉혹한 현실 앞에서 나의 보잘것없는 족적을 돌아보니 무심히 흘러가 버린 삶에 마음 서늘해짐을 느낀다.

가슴속에 갑자기 한 근의 납덩어리가 생기더니 자꾸자꾸 커진다. 죽음을 있는 대로 보아 넘기는 일이란 지독히 참혹한 일이다. 사람이 태어나서 성장하고 죽음에 이르는 인생을 덤덤하게, 그러나 솔직하게 이해할 수도 있겠으나 그래도 내가 그들의 작품을 보았기에 삶과 죽음의 장엄함과 비장함을 느끼게 된다. 이곳에 오면 항상 '메멘토 모리(Memento mori)'라는 말이 떠오른다. 무엇을 확인하려는 건지…….

더 이상 그들의 이름 앞에 서 있을 힘이 없다. 잘 있으라고 또 오겠다고 어느 말로도 작별인사를 하지 못한 채 비틀비틀 뒷걸음질쳐서 그곳을 빠져나왔다. 어질어질하여 잠시 눈을 감고 서 있자니 공원관리인이 와서 9월부터는 6시에 문을 닫는다고 말하면서 묘지 정문까지 나를 안내한다. 내가 나오자 문이 쾅 닫힌다. 아마 내가 마지막 나오는 관광객이었나 보다. 그래서 관리인이 나를 찾아왔나 보다. 혼자인 줄도 모르고 그렇게 그곳에 있었나 생각하니 등골이 송연해진다.

비 맞은 닭처럼 몸을 한번 떨고 나니 묘지 정문 근처에 있는 카페가 눈에 띄었다. 샘물다방(café fontaine)이란 아이러니한 이름에 혼자 피식 웃었다. 카페 안은 사람들로 북적거렸다. 나도 한자리 차지하고 앉아 에스프레소 한 잔으로 추운 몸을 녹이며 창밖을 본다. 이제 사람들이 퇴근을 하나 보다. 거리로 쏟아져 나온 사람들이 고개를 숙이고 바삐 걸어간다. 그들이 남기고 가는 무심한 발자국 위로 마치 그 자국을 없애려는 듯 후드득 후드득 비가 내린다. 그 빗줄기 타고 어스름이 다가와 스멀스멀 파리에 퍼진다.

삶, 죽음, 그 변환의 드라마
— 으젠느 기유빅의 세계

「가죽이 벗겨진 소」는 인간 본성의 영원한 관심사인 불안과 공포, 인간 내면의 어둠, 그리고 피할 수 없는 죽음을 다루던 으젠느 기유빅(Eugène Guillevic, 1907~1997) 초기의 작품이다. 뜨거운 피가 흐르는 살아 있는 소가 도살되고 가죽이 벗겨지는 등 한 생명이 파괴되어 가는 처리과정을 그는 이렇게 묘사하고 있다.

이것은 피가 흐르던 고기
기적적이며 불가사의한
체온이 떨리던 살코기이다

아직도 남아 있는 건
눈 깊숙한 곳의 어떤 빛

여전히 이 옆구리를 쓰다듬을 수도
여전히 여기에 머리를 기댈 수도
그리고 두려움에 맞서 노래 부를 수도 있겠지.

      ─ 으젠느 기유빅, 「가죽이 벗겨진 소」 전문

 소가 도살되는 이유는 인간의 식량으로 쓰이기 위함이다. 생명을
잃게 되고 가죽이 벗겨지는 이런 모습, 그것은 소 자신에게 있어서
나 그것을 바라보는 인간에게 있어서나 두려움(peur)이며, 이 두려
움은 생명의 마지막 순간에서 느끼게 되는 죽음이라는 공포이다.
죽음에 대한 두려움, 이러한 강박관념은 기유빅의 초기 작품에 많
이 나타나는데 그 중의 하나인 「떡갈나무」에서도 잘 드러나 있다.

 나무장은 떡갈나무로 되어 있었고
 그리고 열려 있지 않았다

 어쩌면 여기에서 시체들이 떨어졌을런지
 어쩌면 여기에서 빵이 떨어졌을런지
 많은 시체들
 많은 양의 빵

         ─ 「떡갈나무」 전문

문이 열려 있지 않은 떡갈나무 장, 그 장 안에는 '시체들'과 '빵'이 있는 것이다. 우리 식으로 말하자면 찬장에 해당되는 이 떡갈나무 장 안에는 '시체들'과 '빵'이 있다. 그것들은 인간이 일상에서 필요로 하는 가장 중요한 먹거리를 의미한다. 물론 여기서의 시체는 동물의 고기, 즉 사람이 먹는 식용 고기를 말한다. 그러나 그 고기는 살아 있던 동물의 사체 한 부분이 틀림없다.

그렇다면 빵 역시도 살아 있던 밀의 시체이며 떡갈나무장 역시도 살아 있던 나무의 주검인 것이다. 살아 있는 사람을 살아가게 하기 위해 잘 정리된 이 모든 것은 결국 다른 사물들의 주검이다. 이러한 모습들은 마치 죽음과 삶이 서로 정면으로 마주 바라보고 있는 듯하다. 그는 이러한 주제를 자주 다루고 있기에 그의 시 곳곳에서 '죽음'과 '삶'의 교차 현상이 자주 발견된다. 뒤엉키고 반복되는 이러한 '죽음'과 '삶'에 대한 생각은 그가 태어나 12살까지 유년시절을 보낸 그의 고향 카르낙(Carnac)의 영향이 크다고 볼 수 있겠다

그가 태어난 브르타뉴의 바닷가 근처 작은 마을 카르낙은 거센 바람이 부는 척박한 고장이다. 인구 4천, 5천 명 정도가 사는 키브롱만(灣) 북쪽 해안에 위치하는 카르낙은 그 주변 일대가 선사시대의 거석문화의 유적인 선돌들이 많기로 유명한 곳이다.

그곳에는 약 4킬로미터에 걸쳐서 2,935개의 선돌(menhir)이 여러 줄로 나란히 서 있다. 이 밖에도 높이 12미터의 무덤도 있고, 깨

지기는 했지만 20미터 이상 되는 선돌, 일명 '요정의 돌' 등이 있다. 이런 선돌들은 그저 단순한 하나의 돌로 인식되는 것이 아니다. 이 것은 죽음을 의미하는 것이며, 또한 영원한 삶, 혹은 환생을 바라는 인간의 마음이 담긴 소망의 돌이다.

한 인간의 죽음을 개인적인 역사의 결말로 본다 하더라도 그 개인의 역사에 대한 죽은 후의 기억을 한정짓는다는 것, 다시 말하면 그의 여러 가지 고통과 사건들, 그리고 엄밀한 의미에서 그 개인과 연결된 모든 기억이 죽음 후의 실존 어느 순간에 이르러 끝나버린다는 것은 지극히 자연스러운 일이다. 그럼에도 그것은 두려움이다. 그러기에 남아 있는 사람들은 그와의 기억을 자신이 살아 있을 동안이라도 간직하고 싶어 하게 된다.

말하자면 존재적(ontic)인 것에 대한 산 자들의 갈구, 존재하려는 의지, 다시 말해 존재의 행위를 끊임없이 반복함으로써 그 본래 존재의 모습을 좇으려(be)는 의지를 말하는 것이다. 그런 이유로 사람들은 이러한 표적을 만들게 되고 숭배하게 되는 것이다.

기유빅이 어렸을 당시 그의 집안은 가난하여 장난감이란 가질 수 없었고, 게다가 냉담하고 엄한 어머니의 눈을 벗어나 밖으로만 나돌았다. 그런 그에게 사물들, 특히 이런 선돌들은 그의 말상대이며 친구가 되었다. 그는 자신의 시 「바위들」에서 "바위들은 모르리라./ 사람들이 그들에 대해 이야기하"는 것이라고 쓰고 있다. 일련의 그

런 사실들로 인해 그의 무의식에서는 이런 죽음과 삶이 항상 공존
하였다. 이러한 선돌들의 모습은 그의 관념 속에 깊이 뿌리박게 되
는데 그의 시를 보면 잘 나타나 있다.

돌들로 둘러싸인 한복판에서 보면
세상은
여기에서 시작되고,
이곳으로 돌아오는 것만 같구나.

－「선돌들로 둘러싸인」 일절

그는 이렇게 선돌에게서 삶의 시작을 "여기에서 시작되고" 거기
서 삶의 끝, 즉 죽음을 '이곳으로 돌아오는 것'이라고 보았다. 삶의
새로운 시작과 삶의 끝남의 환상적 만남은 동질적이라 할 수 있기
에 "이곳으로 돌아오는" 이런 죽음은 적어도 어떤 면에서는 우주적
창조론과 하나가 되는 것이다. 여기서 우리는 삶이 죽음이며 죽음
이 삶이 되는, 즉 삶의 흐름의 의미를 읽게 된다.

그리하여 말없이 서 있는 선돌들은 모두 삶이며 곧 죽음이다. 그
러나 그것은 말없이 "땅 위에 버티고 서 있"을 뿐이기에 기유빅은
그것을 수직의 개념으로 보았다. 이런 개념은 그의 시 곳곳에서 보
여 주는데 그 '서 있음'은 '흐름'이란 것을 막는다는 의미로 볼 수

있다. 그리하여 '죽음'의 의미로도 해석될 수 있다. "그것을 생각하기 위해선/ 돌 하나면 족하리라……/ 서서 졸고 있는 돌 하나를" 말하자면 이러한 선돌이라는 실존의 양태를 통하여 존재의 전이를 생각하게 되는 것이다.

죽음으로 타락한
너의 육체 위로
만약 문이 열린다면.

장롱에 기대어
여전히 벌거벗은 채로 서서

기쁨으로
더 이상 이겨지지 않을 반죽

– 「만약 문이 열린다면」 전문

기유빅은 이곳 카르낙을 대지에 바다가 섞여드는 테라케(Terraque)의 성스러운 장소로 여겼다. 그는 이곳을 테라케 '테라(땅, terre)와 아콰(물, aqua)를 합성한 말'이라고 부른다. 그러나 그것은 완전한 죽음의 상태도 아닌, 그렇다고 삶의 상태도 아닌 '반죽된' 어떤 상태를 의미한다.

이곳은 결국 죽음일 수도 있고, 삶일 수도 있는, 변증법적인 관계 구조를 가진 '죽음'과 '삶'이 공존하는 장소라 생각한 것이다. 이 시에서도 그는 여전히 "장롱에 기대어/ 여전히 벌거벗은 채로 서" 있는 '너'를 말하고 있다. 이 장롱(죽음)에 기대어 있는 '너'는 죽을 몸이다.

그의 시를 보면 역시 짧은 시행으로 쓴 것들이 많다. 선돌이 아무 말 없이 서 있으면서도 가장 많은 말, 즉 '죽음'에서 '삶'까지 모두를 말하듯이 그의 시도 마찬가지이다. 가장 많은 내용을 내보여주기 위해 가장 적은 말로 쓴다. 그의 시는 그리하여 한 장의 그림으로 해석해 볼 수도 있겠는데, 행이 길지 않은 그의 시에서의 글자들은 마치 선돌의 모양을 상기시키기도 한다. 그리고 많은 부분의 여백은 말없이 서 있는 선돌에 곧 밀어닥칠 공포의 파도 같기도 하고, 또한 시체를 감싸는 흰 수의처럼 보이기도 한다.

M. 엘리아데가 말했듯이 어떠한 형태든 하나의 사물은 그것이 존재하고 있고, 따라서 존속하고 있다는 단순한 하나의 사실 때문에 필연적으로 그 본래의 활력을 상실하고 쇠미해지게 된다. 그러므로 그 활력을 회복하기 위해서는 비록 한순간만이라도 무형의 것 속으로 다시 흡수되지 않으면 안 된다. 또한 그것이 솟아난 원초적인 통일성에로 다시 돌아가지 않으면 안 된다.

인간에게 있어서 새로운 시대는 신혼의 첫 잠자리, 아이의 출생

등과 더불어 시작한다. 그리고 이처럼 끊임없이 온갖 수단을 통하여 우주와 인간이 재생되기 때문에 과거는 파괴되고 소멸되는 것이다. 그럼에도 불구하고 재생 이전 세대의 소멸이란 것, 그 죽음은 인간에게 있어서 반드시 알아내야 할 영원한 숙제이기에 불안하고 공포스러운 것이며, 인간의 내면에 깊숙이 자리를 차지하고 있는 것임에 틀림없다.

프랑시스 퐁쥬(Francis Ponge), 르네 샤르(René Char)와 더불어 초현실주의 이후 프랑스 현대시의 거물로 불리는 기유빅은 이러한 문제를 그의 주위에 있는 사물에서 그 자체의 생명력과 감수성으로 파악하려고 했다. 그리고 존재와 비존재, 어둠과 밝음, 안과 밖, 죽음과 삶 등의 문제를 공간 개념과 시간 개념을 토대로 함축하여 자유롭게 시를 쓰고 있다.

아름다운 삶 만들기

"모든 참다운 삶은 만남에서 비롯된다."라고 마틴 뷰버는 그의 저서 『너와 나』에서 말하고 있다. 우리가 늘 사용하는 단어 인간(人間)이라는 낱말, 그것이 함유하는 의미 역시 "사람과 사람 사이"를 말하는 것으로 관계(關係), 즉 만남을 나타내고 있다. 이 세상을 살아가면서 인간들 사이에는 그것이 우연이든 필연이든 많은 만남이 있게 마련이다. 누구를 만나 어떤 관계로 이어지는가에 따라 어떤 식으로든 그 사람의 삶의 방향이 설정됨을 우리는 보게 된다. 다시 말해 한 사람의 인생에서 결정적인 변화가 '만남' 속에서 이루어질 수 있다는 것이다.

대부분의 사람은 만남에서 정신적 가치를 자기의 것으로만 소유하지 않고 다른 사람과 공유하려는 마음으로 인간적 관계를 맺으려 한다. 그러나 모든 만남이 그럴 수는 없다. 말하자면 사회가 복잡해

지면서 많은 직종이 생기게 되거나 단체가 조직되어 상호 간에 다소 거리를 두는 상관적 관계를 맺기도 한다.

이런 관계란 구성원들이 자신의 만족은 물론 조직의 만족을 달성하고자 노력하는 사람들의 관계라 할 수 있다. 이러한 만남의 관계는 환경과 전통문화 규범에 따라 순리적으로 처신하게 된다. 여기서는 인간다운 삶을 영위하기 위한 경험을 쌓는 생활의 현장이 되기도 한다.

이 경우 인간으로서의 의미 자체도 서로 간의 관계로 삶을 엮어가는 조직 속에서 규정짓는 부분이기에 다른 사람과의 화합을 원만하게 유지해야 함은 말할 것도 없다. 인간은 이런 조직적 관계를 통해서 점차 사회화하며, 이 사회화 과정에서 자기 생활을 확대할 수 있고 또 발전시킬 수 있다. 타인의 요구와 그 사회의 규범과 문화에 자신의 행동을 타협시키는 능력을 기르게 되는 것이다.

그런데 혹자는 인간과의 화합문제를 고려하지 않은 채 자신에게 이익이 되면 만사를 제치고 처신하는 경우가 종종 있다. 이럴 때 그와 비슷한 동조자가 있게 마련이어서 그로 인해 그 사회는 혼잡스러워지고 와해의 조짐이 보이게 된다. 더불어 현대는 산업화사회가 되면서 고도의 과학을 앞세워 자본주의 사회로 발전했다. 소유욕망은 이러한 기본적인 계열에서 벗어난 폭이 좁은 사고의 모순으로 인해 인간적 관계에서 그동안 익숙했던 생존양식을 뒤흔들어 놓기도 한다.

그리하여 많은 독자의 사랑을 받아온 『사랑의 기술』의 저자 에리히 프롬은 『소유냐 삶이냐』라는 책에서 인간의 생존 양식을 '소유양식(having mode)'과 '존재양식(being mode)'으로 나누어 소비사회에서의 삶의 문제를 예리하게 분석하고 있다. '소유양식'이란 산업사회, 또는 자본주의 소비사회에 있어서 일반화되어 가는 삶의 태도를 가리키는 것으로, 인간을 객체화시키고 소외시키는 삶을 뜻한다.

말하자면 '소유양식'은 주체와 객체를 사물로 환원시켜 버리기 때문에 그 관계는 '살아 있는 관계'가 아니라 '죽은 관계', 즉 비인간적 관계로 귀착될 수밖에 없다. 따라서 만남과 관계 그 모든 것을 자신에게로 끌어들이는 소유로서만 계산하기에 자신과 세계의 관계는 소유와 점유로서 규정하며, 자신까지도 포함해서 소유물로 만들고자 한다. 말하자면 '소유양식'에서 발생하는 이러한 관념은, 이제 사람들은 더 이상 나누어 가지며 공존하는 법을 모르게 된다는 것이다.

이렇게 모든 것을 소유의 개념으로 환원시킬 때, 인간은 소비를 위한 욕망의 노예가 되고, 서로서로 소외시키는 비인간화의 수동적 객체로 파편화하고 만다. 그러한 인간은 타인과의 관계에서나 세계와의 관계에서 따스한 연대감정의 끈으로 맺어질 수 없다.

그러나 '존재양식'으로 살아가는 사람은 주체적으로 자신의 삶을 이끌어가는 능동적인 사람으로서, 모든 사물이나 인간의 정신적 가치를 자기의 것으로 소유하려 하지 않고, 세상을 향해 자신을 늘 열어두고 비워두는 자세를 취한다. 그러므로 '존재양식'을 지향하는 사람은 타인과 세계에 대해 주체적이며 개방적인 태도를 지니게 된다. 그는 냉혈적인 이기주의를 버리고 이웃에 대한 인간적인 관심을 기울임으로써 세계와의 아름다운 조화를 이룩하는 데까지 나아간다.

따라서 사회의 구조적 난점을 이용하여 물질적인 소유와 권력을 위해 무슨 일이든 자신에게만 이롭게 행동하는 사람이 있다. 그런 사람은 우선 자신의 내적인 변화를 도모함은 물론, 냉혹한 이기주의를 버리고 생산적이고 창조적인 삶을 영위할 수 있는 아름다운 세상인 '존재양식'의 사회로 돌아오도록 노력하여야 한다. 이렇게 될 때 진정한 새로운 사회가 탄생하며, 이런 사회에서의 만남으로 엮어지는 삶이 더욱더 아름다운 것이 아닐까 생각된다.

오르세 미술관

예술과 문화의 도시 파리에는 그 명성에 걸맞은 크고 작은 미술관들이 많다. 우선 크게 나누어 볼 때 루브르와 오르세 미술관(Musée d'Orsay), 그리고 퐁피두센터가 있다. 루브르에는 르네상스에서 로코코 시대의 작품 등 40만 점이 소장돼 있다. 퐁피두센터에는 마티스를 비롯한 야수파 화가들의 회화와 조형물, 다다이즘 작가들의 작품, 1960년대의 팝아트 등 20세기를 대표하는 현대작품들을 소장하고 있다.

그리고 1848년 2월 혁명부터 1914년까지 사회적·정치적 변화의 소용돌이 속에서 생겨난 미술품들, 그중에서도 인상파 미술관인 주드 폼(Jeu de paume)에서 전시하던 그림들을 비롯해 같은 시대의 주류파였던 아카데미즘 회화, 사진, 그래픽 아트, 가구, 공예품 등 시각적 예술작품이 "기차역을 개조하여 만든 미술관"이라는 수식어가 늘 따라다니는 오르세에 소장되어 있다.

센 강을 중심으로 좌우에 루브르와 오르세 미술관이 있다. 원래 오르세 미술관의 건물은 1900년 파리 만국박람회 개최를 맞이해 파리 국립미술학교 건축학 교수였던 빅토르 라루(Victor Alexandre Frédéric Laloux 1850~1937)에 의해 아르누보 양식으로 설계되어 현대적으로 지은 철도역이자 호텔이었다.

1939년에 철도기술의 발전으로 전동기차가 만들어지자 더는 역사로서의 가치를 잃게 되어 폐쇄되었다. 그러나 1979년 지스카르 데스탱 대통령 시절, 이탈리아 건축가인 아울렌티(Gae Aulenti)가 현재의 미술관 형태로 개조공사를 시작, 9년 만인 1986년 지금의 모습으로 완성되었다. 32미터 높이의 유리 돔에서 쏟아지는 자연광으로 실내는 더욱 아름다우며 연면적 5만 7천4백 평방미터 공간에 회화, 조각 등 작품 4천 여 점을 소장하고 있다. 매년 3백만 명 이상의 관람객이 오르세 미술관을 찾는다.

올해로 개관 25주년을 맞는 오르세 미술관은 지난 2년간 2천만 유로(313억 원)의 예산으로 '오르세 미술관의 부활'이라는 슬로건에 맞게 전시실을 개·보수했다. 기존 통로에는 대나무를 깔고 벽은 짙은 회색, 연보라, 초록, 회색 톤으로 변화를 주었는데 이를 위해 아파트를 임차한 뒤, 초록과 붉은색 등 수많은 색을 회색에 배합하면서 새롭게 10개의 색깔을 만드는 실험을 했다고 한다.

"20세기와 현대미술을 제외한다면, 병원 같아 보이는 전시실의 흰색 벽면은 작품을 죽이는 결과를 낳는다."는 전문가의 지적과 2008년에 취임한 코주발 관장에 의해 이렇게 변화를 주었으며 은은한 조명도 자연채광에 가깝도록 개선했다.

오르세 미술관은 19세기 인상파, 후기인상파, 신인상파 등의 미술작품 이외에도 사실주의에서 인상주의, 상징주의 등 근대에서 현대로 이어지는 중요한 작품들이 소장되어 있다. 그리고 그림이 탄생할 당시의 사회상을 알 수 있는 장식품, 조각품, 건축양식, 풍속도 등도 볼 수 있다. 전시공간일 뿐 아니라 공연, 교육, 토론의 장소로도 이용되는 다기능 문화공간이다.

이 작품들의 일부가 한국으로 건너와 2000년 10월부터 2001년 2월까지 국립 현대미술관 분관(덕수궁 석조전)에서 '오르세 미술관 한국전'이 열려 19세기의 대표적 회화 35점과 데생 13점, 사진 21점, 오르세 미술관 모형 등 모두 70점이 전시되기도 했었다. 이곳의 작품들은 이렇게 세계순회전을 가지며 돈을 벌어들인다.

프랑스에서 지내던 시절 나는 여러 미술관을 갔었지만 가끔 오르세 미술관에도 갔다. 주 드 폼에 자주 가다가, 이곳으로 오게 되는 이유는 내가 하는 연구와 르누아르 작품의 연관성 때문에 그의 작품을 꼼꼼히 보기 위해서였다. 그리고 마지막으로 간 것은 10여 년 전이다.

그날은 건물 앞쪽으로 무슨 공사를 하느라고 야단이었다. 이리저리 피해 건물 안으로 들어가 5층으로 먼저 갔다. 우리가 잘 아는전·후기 인상파 화가들의 그림, 밀레의 〈이삭줍기〉〈만종〉, 마네의 〈올랭피아〉〈풀밭 위의 점심〉〈피리 부는 소년〉, 쿠르베의 〈화가의 아틀리에〉, 로댕의 〈지옥의 문〉, 고흐의 〈화가의 방〉, 드가의〈프리마 발레리나〉, 세잔의 〈카드놀이를 하는 남자들〉, 고갱의 〈타히티의 여인들〉, 모네의 〈루앙 대성당 연작〉〈수련 연작〉, 고흐의〈오베르 쉬르 우아즈의 교회〉 등이 걸려 있으며 조각, 건축, 사진,고갱의 목판 조각품 등도 전시하는데, 특히 우리가 미술시간에 보아 왔던 친숙한 작품들이다.

잘 알려진 그림들 앞에는 많은 사람이 모여 서 있었다. 다른 그림들을 복습하는 기분으로 죽 훑어보고 있을 즈음 이제는 문 닫을 시간이니 그만 나가달라는 안내 방송이 나왔다. 나는 왜 늘 이런 곳에오기만 하면 시간이 다 됐다는 방송을 꼭 듣고야 마는지 모르겠다.우물쭈물하다가는 쫓겨날 터라 황급히 아래층으로 내려오니 아직사람들이 많이 있었다. 그곳에는 로댕이나 부르델, 혹은 베르나르,릴르, 내가 좋아하는 마욜 등의 조각품들이 있다. 파리에 가면 늘로댕 박물관에 가는데, 이곳에는 카미유 클로델의 작품도 있다.

그녀의 작품을 보면 언제나 마음이 언짢게 된다. 비리비리 마른고통스러운 표정의 조각품들, 이 세상의 고통을 혼자 짊어진 그 표정, 저렇게 험악한 모습을 만들 때 '그녀의 마음 상태가 저러했을 테니 그토록 괴로운 일생을 보냈지.'라는 말이 절로 나온다. 드디어 아래층에서도 시간이 되어 내쫓기듯 미술관을 나왔다.

관광명소로 자리 잡은 센 강변에 죽 늘어서 있는 작은 책방들을 하릴없이 배회하며 이것저것 보다가 다리도 아프고 목도 말라 생 미셀 카페로 간다. 거기서 맥주 한 잔을 시켜 놓고 뉘엿뉘엿 저무는 해를 바라보자니 이런저런 생각이 교차한다. 의자에 눕듯 기대앉아 벌겋게 저무는 해를 바라본다. 노트르담 사원은 석양빛을 받아 더욱더 도도한 자태를 뽐내고 노을빛으로 물든 센 강이 유유히 흐른다. 바쁘게 오가는 사람들 사이로 파리의 하루는 또 그렇게 저물어간다.

절망의 정점에서 외치는 소리

　루마니아가 낳은 세계적인 극작가 젠 이오네스코, 인류학자 마르세이 엘리아데와 더불어 현대의 가장 특이한 사상가 중의 하나로 꼽히는 에밀 시오랑(Emil CIORAN, 1911~1995)은 초현실주의, 실존주의, 구조주의 등 그 어떤 사조적 흐름에도 쉽사리 편입시킬 수 없는 독자적 위치에 서 있는 철학자이다. 그를 일컬어 철학자, 또는 사상가로 부를 수밖에 없는 것은 사실이지만, 그러나 어떤 관념의 체계로서의 형이상학을 구축하고자 하는 아카데믹한 철학자와는 근본적으로 다른 면모를 보여준다.

　그는 1984년 2월『마가진 리테레르(Magazine Litteraire)』에 소개된 로자 마리아 페레디와의 인터뷰에서 관념철학, 특히 독일 철학에 대한 깊은 회의를 표명하며 그것의 무익함을 신랄하게 지적한 바 있다.

나는 철학공부를 마친 21살 때부터 글을 쓰기 시작했다. 그 이전까지는 내 인생의 전부였던 철학을 더는 믿지 않기 시작했다. 아! 철학, 특히 독일 철학, 그 거대한 철학적 체계란……. 시를 포함한 그 이외의 문제엔 무관심했다. 그러나 그 순간, 철학은 곤경—물론 내면적 곤경— 속에서 허우적거리는 인간에겐 아무런 할 말이 없다는 걸 깨달았다.

철학은 인간에게 문제를 제기하는 법을 가르치지만 그런 후 인간을 각자의 운명 속에 내팽개친다. 철학이 주는 해답이라는 게 의심스럽기 때문이다. 더구나 철학은 매우 위험한 그 무엇을 지니고 있다. 철학은 인간을 오만으로 부풀게 하고 과대망상가로 만든다. 철학자들이란 바로 이런 까닭에 인간 중에서 가장 역겹다. 그리고 내가 그중에서도 가장 역겨운 사람이다. 칸트, 또는 칸트에서 쇼펜하우어까지 이르는 철학자를 읽었을 때 나는 신이 된 느낌이었다.

이렇듯 관념철학이 갖는 허구성을 극도로 부정한 시오랑은 철저하게 개인의 체험적 자아를 소재로 삼아 생생한 삶의 드라마를 아포리즘 형식을 빌어 드러낸다. 그가 특히 니체의 영향으로 보이는 잠언형식을 취하게 된 데에는 그럴 수밖에 없는 기질 탓 때문이기도 하겠지만, 아마도 구체적인 삶의 파편화된 순간들을 담기에 가장 적합한 그릇으로 보았기 때문일 것이다.

『붕괴개론』(1949), 『고뇌의 삼단논법』(1952), 『존재의 유혹』(1956),

『태어난 것의 불편함』(1973), 『능지처참』(1979), 『눈물과 성자』(1986), 『절망의 정점에서』(1990) 등 그의 저작들은 모두 비명처럼 간략하고 너절한 부연 설명이 없는 현자의 화두와 같은 잠언록으로 이루어져 있다. 철학의 무익함과 위험성을 단호한 어조로 지적하며 일상의 에피소드 속에서 직접적 진실을 포착하려 했던 그의 강렬한 실존적 단상들은, 보들레르의 '벌거벗은 마음'처럼 읽는 이의 가슴을 언제나 통렬하게 찌른다.

· 그는 분명 인간조건의 비참함을 근원적으로 괴로워한 허무주의자, 비관론자임이 틀림없다. 그렇지만 관념적 형이상학의 탐구가 놓쳐버린 삶의 곤란한 문제들을 구체적으로 깊이 있게 다루고 있다는 점에서 '존재와 유혹'에 빠진 실존의 사상가라고도 말할 수 있다.

1977년, 상당한 상금을 주는 로제 니미에 상을 거부한 이유가 텔레비전에서 잠시 얼굴을 비쳐야 하는 난처함 때문이었다고 말할 정도로 은둔자적 풍모를 지닌 시오랑이니만큼, 그의 전기적 사실 또한 자세히 알려진 게 없다. 1956년 갈리마르 사에서 출판한 『존재의 유혹』 말미에 붙인 작자의 노트 속에 시오랑 자신이 소개한 약력이 그의 삶의 도정을 밝혀주는 확실한 자료가 된다고 할 것이다.

나는 1911년 4월 8일 루마니아의 트란실바니아 지방의 한 마을 라시나리에서 태어났다. 아버지는 그리스 정교의 사제였다. 1920년부터

28년까지 시비우(Sibiu) 중학교에 다녔다. 1929년부터 31년까지 뷔카레스트 대학 문학부에서 공부하였고 1936년까지 같은 대학 대학원에서 철학을 공부하여 철학교수 자격을 획득하였다. 37년 뷔카레스트의 프랑스어학원의 장학금을 받아 파리에 왔고 그 후 줄곧 파리에 살고 있다.

나는 국적을 갖고 있지 않다.―이거야말로 지식인에 있어서 가장 이상적인 상태이다.―그러나 이와 동시에 루마니아인이라는 것을 한 번도 포기한 적은 없다, 어느 한 나라를 선택하지 않으면 안 된다면 나는 지금이라도 자신의 나라를 선택할 것이다. 전쟁 전에 나는 크든작든 철학적 성격을 갖는 여러 편의 논문을 루마니아어로 썼다.

프랑스어로 책을 쓰게 된 것은 1947년 경이다. 그것은 내가 시도한 일 중에서 가장 고통스러운 것이었다. 그 치밀하고도 고도로 단련된 정확한 언어는 내게 있어서 광인의 구속과도 비슷할 정도로 부자연스럽게 생각되었다. 지금도 프랑스어에 대한 고통을 느끼지 않는다고는 말할 수 없음을 고백할 수밖에 없다. 이 부자유성의 감각이야말로 문체의 문제, 쓴다는 것의 어려움에 대해 생각하게끔 하는 것이다. 나의 책들은 모두 크든작든 자서전적이다. 또는 자서전에서 추출한 것이라 말하는 게 옳을 것이다.

결국 시오랑은 고국 루마니아를 떠나 파리에서 뿌리 뽑힌 에트랑제로서 무국적자로 살아야 했다. 발칸의 파스칼이라 불리는 고고한 회의주의적 철인(哲人) 시오랑은 어떠한 전통에도, 인습적 관례 추

종주의에도 휩쓸리지 않는 명징한 언어를 탄환처럼 쏘아붙이고 있다.

아담으로부터 시작된 인류타락의 역사에 대해 저주와 분노를 서슴없이 퍼붓는 이 오만하기까지 한 사상가에게서 우리는 니체에게서 엿보게 되는 종말론자의 면모, 또는 16세기 몽테뉴 이래 면면히 이어지는 프랑스 모럴리스트들의 태도를 발견할 수 있다.

그의 초기 산문『붕괴개론』을 펼치는 순간, 그것을 읽는 독자는 악몽의 대홍수에 빠져 허우적거리게 되고 만다. 그가 묘사하는 현대의 풍경은 캄캄한 어둠 속으로 침몰해가는 음울한 황혼의 모습 그 자체이다. 묵시록에의 대행진이라 할 수 있는 그의 고뇌에 찬 글쓰기의 산책은 제1차 세계대전의 유럽이라는 광대한 묘지를 방황하는 햄릿을 묘사했던 발레리를 연상시킨다.

단단한 산문의 매혹과 엄밀성을 갖추고 있다는 점에서 그의 시니컬한 아포리즘은 발레리에 대한 의식적인 희화화(戱畵化)라는 느낌을 준다. 시오랑은 오늘날 우리가 처해 있는 비극적 상황을 하나의 종말극의 무대로 파악함과 동시에, 이 종말극의 와중에 살아남은 자를 묵시록적 세계의 티켓 없는 입장자라 부른다.

매일매일 눈뜨는 것과 자는 것에서 생과 삶의 축소판(miniature)을 보는 시오랑에게 있어서 하루하루의 삶이 이어짐은 세계의 종말을 준비해가는 과정과 다르지 않다. 얼핏 보면 그의 산문은 투박하고 난해한 듯하지만, 실은 무서운 폭발력을 내포하고 있는 시와 같다. 그는 자신을 "시인들의 기생충이다."라고 말한 바 있다. 그 말의 진정한 의미를 우리는 『붕괴개론』 2부 「발작적인 사상가」라는 장을 통해서 이해할 수 있다. 시오랑은 거기에서 자신의 사고법과 문장법이 시인들에게 바탕을 두고 있음을 피력하고 있다.

"읽는다는 것이 나에게서 죽어라고 떨어져 나가지 않는 유일한 악덕"이라고 말하는 시오랑의 산문에서 우리는 그가 보다 엄청난 독서배경을 갖고 있음을 확인하게 된다. 그가 가장 좋아하는 시인 중의 한 사람이 보들레르이며, 그 매혹과 독으로 가득 찬 언어의 꽃 향기에 한껏 취해버렸음을 고백한 적이 있다.

"한 사람의 시인이 나의 사상을 이끌어가는 운명이 되어주시기를⋯⋯."

이것이야말로 그가 바라던 꿈이었다. 시적 영감의 문턱까지밖에 가지 못하고 언제나 시의 입구에 오면 힘이 빠져버리고 말기에 그 꿈은 도저히 도달하기 어려운 하나의 이상으로만 생각하게 되었다.

모든 시대, 모든 나라의 시인들을 편력하고 싶은 시오랑의 마음 은 조국으로부터 '유배'되어 방황하는 유랑자의 비애로 가득 차 있다. '시인들의 기생충'에 대해 쓰고 있는 결론 부분에서, 그는 계 속되는 이방인의 고뇌, 즉 모국 루마니아를 버리고 이국의 수도 파 리에서 생활하는 한 발칸 인의 고독한 자화상을 생생하게 묘사하고 있다.

발칸 반도라는 정치적 아수라장에서 이주해 온 한 인간의 어쩔 수 없는 고통뿐만 아니라, 루마니아어를 버리고 프랑스어로 책을 쓰는 것을 선택했다. 그는 어쩔 수 없이 선택할 수밖에 없었던 인간의 고통을 쓰고 있다. 물론 시오랑의 모국어 루마니아어는 프랑스어와 같은 라틴계의 말이다. 그러나 시오랑에 있어서 프랑스어는 비인간적이기까지 한 까다로운 언어였다. 그것을 배우는 그의 마음속에는 프랑스어보다 훨씬 짙은 모국어에 대한 향수가 깔려 있다.

태어나면서부터 들이마시기 시작한 루마니아의 공기처럼, 자신의 혈관 속으로 깊숙이 들어와 박혀 있는 하나의 언어를 버리고 다른 언어를 사용해야만 하는 악몽과 같은 고통을 시오랑은 『역사의 유토피아』에서 이렇게 적고 있다.

당신의 질문 중 거의 비난에 가까운 질문 하나가 특별히 나의 관심을 끌었습니다. 당신은 언젠가 내가 모국어(루마니아어)로 되돌아올 생각을 갖고 있는지, 아니면 남의 언어(프랑스어)를 고수할런지에 대해 알고 싶어 했습니다. 내가 그 언어를 잘 구사한다고 추측하지만 실은 그렇지 못하고 앞으로도 결코 그렇지 못할 것입니다.

제2의 언어, 그 모든 단어와 나의 관계를 세세히 이야기한다는 것은 악몽을 말하는 것과 같습니다. 그 단어들은 수없이 거듭된 사고로 세련

되고 남긴 것이 없을 정도로 섬세하며, 갖가지 뉘앙스의 무게로 휘어져 있습니다.

너무 많은 것을 표현하는 나머지 오히려 표현력을 잃었고, 놀라우리만큼 정확하고, 피로와 조심성이 넘치며, 저속한 부분에서까지 예의를 지키는 언어입니다. 스키타이족이 그것에 적응하고 정확한 의미와 관념들을 세세하고도 성실하게 파악할 수 있겠습니까?

모든 단어가 그 닳고 닳은 우아함으로 현기증을 일으키고 있습니다. 거기에는 흙의 냄새도, 피와 영혼의 흔적도 남아 있지 않습니다. 죽어버린 위엄을 갖춘 경직된 구문들이 그 단어들의 숨을 막고 누울 자리를 정해 줍니다. 신조차도 그곳으로부터 빠져나갈 수 없을 것입니다.

내게는 너무 과분하리만큼 품위가 넘쳐 접근하기조차 어려운 언어여서 그나마 조금이라도 정확한 문장 하나를 쓰자면 얼마나 많은 커피와 담배를 없애야 했으며, 또 얼마나 많은 시간을 사전을 뒤적이는 데 보내야 했는지요. 나는 그 사실을 나중에야, 돌아서기에는 너무 늦은 때가 되어서야 알아차렸습니다.

그렇지 않았더라면 우리들의 언어를 버리지 않았을 것입니다. 햇살과 진흙이 묻어 있고, 생기와 부패의 냄새가 배어 있는 모국어, 향수를 일깨우는 초라함, 흐트러진 그 모양새가 몹시 그리워질 때가 있습니다. 그러나 다시 돌아가지는 못합니다. 내가 선택해야 했던 언어는 이제껏 쏟은 나의 노력을 볼모삼아 나를 묶어둔 채 지배합니다.

민족 대이동 때 멀리 인도 가까이에 있는 지방을 떠나서 보헤미아 지방을 통과하여 서쪽으로 서쪽으로 흘러들어 온 민족, 게르만의 여러 민족이 영토 전쟁을 할 때 추방되어 하나의 나라도, 하나의 마을도, 자신들의 것으로 만들 수 없었던 낙오자들. 그 집시들은 지금까지 긴 역사의 터널 속을 유랑인으로서 그들의 언어와 풍습을 완강하게 유지하면서, 타인의 토지와 약소민족의 희생 위에서 뿌리 뽑힌 풀로 살아왔다.

다종다양한 국적의 사람들이 엉켜 사는 인종의 교차점, 파리에서 무국적자라는 것은 거지와 다름없는 이런 집시와 같은 존재이다. 시오랑 스스로 자신의 기원을 민족 이동의 낙오자의 자손이라고 말하고 있다. 국적을 갖지 않았다는 것은 인류의 기원으로서의 낙원에 향수를 품은 채, 모든 진보와 문명의 이념에 의문을 가지며, 매일 조국으로부터 언어적 차원에서, 감각적 차원에서, 신앙적 차원에서 완전히 이탈하여 절망의 정점에 외로이 서 있는 것이라 할 수 있다.

조국을 버리고, 모국어를 버리고, 부모를 버리고, 직업을 버리고 이방인으로서 파리의 허름한 아파트에 갇혀 사는 시비우(Sibiu) 사람. 시오랑은 "괴로움이 극에 달할 때까지 괴로워해야 한다. 괴로움을 잊을 정도로 괴로운 순간까지"라고 말한다.

지극한 고뇌의 삶 한복판을 관통하여 마침내 '무의 감정', 해탈의 경지에 이른 은둔의 철인이라 불러 마땅하다. 그러기에 삶의 어떤

기만적 술수도 끼어들지 못하게 하려는 그의 신음소리 같은 호소는 재치 있는 단상록의 차원을 넘어서 우리의 폐부를 비수처럼 날카롭게 찌른다.

흔들림, 살풀이의 다른 현장

바람이 인다!… 살려고 시도해야 한다.

― 폴 발레리.

waver, 흔들리다. 부들부들 떨다. 몸서리치다. 스치며 살랑거리다. 이 모든 뜻은 결국 하나같이 조용하거나 고요할 수 없다는 말이다. 이 세상에 존재하는 모든 것, 특히 수직으로 존재하는 것은 많이 흔들린다. 수직으로 존재하는 우리도 일상생활에서 자주, 혹은 많이 체험한다.

우리는 서 있을 때도 흔들리고 걸을 때도 흔들린다. 졸다가도 흔들리고 말하다가도 흔들린다. 우리가 흔들리면 산이 흔들리고 강이 흔들린다. 끊임없이 흔들리는 이 세상에서 만남에 흔들리고 이별에 흔들린다. 네가 흔들리면 내 가슴이 오락가락 흔들리고, 사나운 운명에 흔들리고, 지친 영혼이 흔들리고, 앞날이 흔들리고, 흐르는 세월이 흔들린다. 얼마나 많은 흔들림을 경험하면서 우리는 살아가고 있는가. 또 얼마나 많은 흔들림을 보면서 살아가고 있는가.

그 많은 흔들림 중에서 작고 하찮은 나무의 흔들림. 그러나 나무는 스스로를 흔들지 않는다. 움직이지도 않는다. 진흙에 발이 묶인 채 홀로 서서. 나무는 언제나 누군가, 혹은 무엇인가에 의해서 흔들리는 것이다. 그러나 나무는 어느 것도 원망하지 않고 그저 그렇게 말없이 흔들리기에 그 흔들림을 누구도 주시하지는 않는다. 가끔 비에, 바람에 몹시 흔들리는 나무를 누군가가 볼 때, 그 흔들림의 강도가 셀 때, 나무의 아픔이나 괴로움에는 아무 관심도 없이 무섭다라는 투박하고 단편적인 말로 일축해버리거나 아니면 저토록 나무가 흔들릴 정도로 우리에게 큰 피해를 주는 무서운 비바람이 있다고 말할 뿐이다. 그러나 비바람이 우리에게 무섭듯이 나무에게도 언제나 피해만 주며 무섭기만 할까.

비바람은 저 먼 데서 몇 날 며칠을 머뭇거리며 갈까 말까 망설이다가 마음 굳게 먹고 채비하고 다가올 텐데, 그렇게 벼르고 별러서 여기까지 온 비바람일 텐데, 그것은 오히려 발밑의 검은 혼란에게 붙잡혀 평생을 움직일 수도 없는 나무에겐 가슴 저미도록 그리운 기다림이 아닐런지. 비바람이 부는데, 비바람 소리가 들리는데, 비바람 소리가 보이는데, 비바람 소리가 만져지는데, 비바람 소리가 감미로운데, 기다림의 목마름에 바짝바짝 온몸이 타버려 속으로 애태우던 나무가 어떻게 고요할 수 있단 말인가.

비바람 역시 멈칫거리다 너무 늦은 걸 깨닫고 달려왔을 텐데, 먼 데서 그렇게 온종일 달려와 해질녘이 되어서야 겨우 나무 곁에 왔다. 와서도 얼른 말을 걸지 못하고 서성거리다 가지 끝에 매달려 비통한 흐느낌으로 떨고 있다. 하염없이 하늘만 바라보다 이제는 지쳐 말문 닫고 살아가는 나뭇가지라 할지라도 불현듯이 솟아오르는 서러운 그리움을 못내 참지 못하고 비바람이 서성이던 허공에 목마른 몸부림으로 서서 그 눈물 먹물로 번지며 전율할 수밖에……

사물의 움직임이란 일렬로 쭉 늘어서 있는 시간, 즉 지속되는 시간의 어느 순간에 나타나는 하나의 단순한 형태로서 누구에게도 잘 보이지 않고, 누구에게도 잘 자각되지 않은 채 소멸해 버리기 마련이다. 그러나 민감한 시감(視感)은 덧없이 사라질 한 점 순간에 진행된 그 현실을 파악하는 능력이 있다. 말하자면 풍경은 공간과 시간의 미묘한 어긋남과 시각적인 울림을 예리한 눈을 가진 자 누군가에게 그 순간을 보여준다.

바로 그때 예민한 감성을 가진 한 영혼은 자신의 고유한 시선으로 그 사물의 움직임의 현장을 붙잡을 때, 그리고 어슴푸레하던 그 사물에게서 돌연 신비로운 생명감이 넘쳐흐름을 보게 될 때, 그는 형용할 수 없는 기쁨으로, 다정한 마음으로, 두근거리는 심장으로 다가가 문장부호처럼 떨고 있는 가지를 붙잡는다.

하나하나의 점들로 이어지는 지속의 시간 어디쯤에서, 비바람에 의해 나뭇가지는 '감(aller)'과 '되돌아옴(revenir)'을 반복하고 있지만 가고 되돌아오는 것을 우리는 정확하게 읽을 수는 없다. 그러나 그 지속의 시간 한 점에서 작가는 카메라를 통해 2분의 1초의 속도에 맞춰 인위적으로 흔들리는 나뭇가지의 움직임, 수많은 찰나의 현존들을 독특한 기법으로 부동(不動)화시켜 카메라라는 자루 속에 정성스레 담는다.

그렇게 그 순간에게 주어진 뚜렷한 상황은 생명을 부여받은 하나의 영상으로서 카메라 속으로 들어가 영원히 남게 된다. 가지에 매달려 흐느끼고 있는 비바람도 함께. 그리하여 작가는 우리로 하여금 순간에 주어진 상황, 즉 비바람에 흔들리는 가지의 형상, 가지에 매달려 흐느끼고 있는 비바람의 울림, 그런 시간과 행위를 정지시킴으로써 '시각적 무의식(발터 벤야민)'을 환기시켜주어 그 순간의 움직임을 볼 수 있게 해 준다. 그리고 매 순간 그 하나하나의 움직임 자체는 자신의 완전하고도 뚜렷한 개별성을 가지며, 그 개별성들이 모여 커다란 하나의 총체적 형상을 만든다는 것도 알게 된다.

말하자면 '공간'과 '시간'이라는 것이 존재하지 않을 때 우리에게는 그것이 무한의 것으로서 여겨지지만, 여기서 나뭇가지라는 물질과 비바람이라는 물질의 결합, 공간과 시간 안에서 이루어진 이 결합. 그것은 장소와 시간, 즉 '여기(hic)'와 '지금(nunc)'과의 총합이 됨으로써 뚜렷한 순간적 현실이 되는 것이다. "지속의 축 위, 혹은 공간의 축 위에 있는 두 개의 점이 하나의 축 위에서……" 즉 시간과 공간이 결합하고 융합하는 데 동의하여 결국 동사 "있다(be)라는 절대의 힘을 받게"(바슐라르) 되기에, 이렇게 '여기'와 '순간'이라는 한정된 상황 안에서 이루어진 흔들림으로 증명되는 '있음', 이 현실은 절대 존재가치로 인정할 수밖에 없다.

이를테면 작가는 여기서 비바람과 만나는 나뭇가지를 카메라라는 도구를 이용하여 '흔들림'이라는 이름으로 불러 주었다. 그리하여 비바람의 음률로 춤추는 이 가지들이 보여주는 순간의 현상, 이 '있음'은 우리에게 많은 것을 인식하게 하는 알레고리가 된다.

이 지점에서 우리는 나뭇가지의 흔들림을 이 세상에 존재하는 어떤 미미한 생물이 무엇인가에 의한 그저 단순한 움직임의 상태이라고만 보아도 될까. 살랑살랑 흔들리던 시간이 지나 광란의 시간이 오고, 드디어 자기에게 붙어 있던 잎들까지 모두 대지에게 빼앗기면서, 아프게 꺾이면서 감당할 수 없는 넓은 폭으로 떨리는데, 그런 고통을 참아가면서 소리 없는 통곡으로 울부짖는 춤인데, 단순히 타의에 의한 한 생물의 피동적 움직임이라고 쉽게 보아 넘길 수가 있을까.

나뭇가지가 흔들리는 것으로밖에는 표현될 수 없는 비바람, 나무와 바람이라는 두 물질의 만남에서 이루어지는, 쌩쌩 소리 내며 휘청대는 모습이라는 보편적(universel) 영상에서 유일한(unique) 형태, 그리고 완성된 형태의 '떨림=이미지', 그것의 알레고리를 우리는 다시 한 번 생각해 봐야 옳을 것이다.

"단순한 어떤 것의 움직임의 상태이다."라고 말하기보다는, 이 '떨림'을 통해서 살아 있는 인간 삶의 여러 모습, 작가는 인간 내면에 담긴 여러 감성, 즉 만남, 사랑, 이별, 갈등, 괴로움, 고독, 슬픔 등을 대변한 몸짓의 상징적 의미로 표현하고 싶었던 것은 아닐까.

많은 이미지, 그 하나하나를 자세히 볼 때, 그것들은 각기 다른 모습을 갖는다. 어느 것은 우쭐대는 남자의 보기 좋은 근육이기도 하고, 어느 것은 가슴 저 깊숙한 곳에 웅크리고 있는 분노를 끊임없이 분출하며 꿈틀거리는 심장이기도 하다. 또 어느 것은 고뇌하는 자의 헝클어진 머리카락이기도 하고, 또 어느 것은 '형역(形役)의 끝없는 갈림길(신석초)'에서 흐느끼는 나부(裸婦)이기도 하고, 어느 것은 생명창조의 은밀한 음모를 꾸미는 율동적 몸짓이기도 하고…….

의식이 삶에 있어서 고통의 근원이 된다 할지라도 의식은 인간의 특성이며 존재이유이기 때문에, 인간의 본질적 자아의식 내지는 자기각성의 기쁨과 괴로움을 상징하기에 가장 알맞은 이미지로서 비바람과 가지가 전광석화 같은 그 순간에 만나는 황홀한 떨림을 작가는 포착한 것이 아닐까.

그리하여 단순한 나뭇가지의 흔들림에서 끄집어낸 이 흐느낌을 담은 이미지들이 우리에게 주는 의미는 인간이 자신의 존재에 대해 괴로워하는 기막힌 절규의 몸짓으로 규정할 수밖에 없을 것이다. 고요, 정지 그것은 죽음을 의미한다. 죽은 자에게는 현재나 미래가 고통의 이유가 되지 못하며 움직임도 없다.

따라서 내면으로만 고뇌를 차곡차곡 쌓아가다가 어느 순간 그런 괴로움을 겉으로 내보일 때 우리는 그 몸짓이 어떤 변화의 욕망을 꿈꾸는 것, 새로운 삶을 원하는 것의 표현이라고 생각하게 된다. 따라서 흐느끼는 어깨처럼 가냘프게 그러나 확실하게 '떨림=이미지' 나뭇가지의 떨림, 그것은 '여기 살아있음'을, '지금 살고 싶음'을 가늘고 길게 호소하는 몸짓이라 보지 않을 수 없다.

감내하기 어려운 내면의 고통을 짊어지고 언제까지나 인간이 살아갈 수 있을까. 어떤 지고의 규율에 묶여 처형된 운명을 그대로 감수하는 카프카의 「城」의 주인공처럼, 한마디 불평도 없이 닥쳐온 운명에 대한 저항도 없이 맹목적으로 시달릴 수만은 없는 것이 보편적인 인간의 본성이 아니겠는가. 처음에 인간은 본성적 자아(大我) 속에 갇히려 하지만 인간의 참다운 위대함이란 자기 자신을 인식하는 것이기에 결국 견디기 어려운 고통 속에 오래 머무르려 하지 않게 된다.

따라서 인간에게는 자기 '본성적 자아 이외의 자아, 제2의, 제3의 자아, 끝없이 배가되는 자아(폴 발레리)'가 있어, 수많은 작은 자아(小我)들은 괴로움에 처해 있는 본성에게서 멀어지기를 원하여 본성과 다투지 않고 빠져나가, 이 무시무시한 현실로부터 도망치면서 더 좋은 환희의 세상을 꿈꾸는 것이다.

회오리로 스치는 비바람에 의한 떨림으로 묘사되는 나뭇가지들, 기다림에 지친 이 나뭇가지들의 통곡은 그리하여 욕망과 고뇌로 뒤범벅된 인간 육체의 모습을 형상화한 이미지로서 동시에 현실의 시련들로부터 탈출하려는 의지를 품고 있다. 그것은 또 다른 의식형태를 표현한 것으로서 생각할 수 있기에 이 애처로운 나뭇가지의 흐느낌, 그 떨림의 형상은 환희를 향하여 가는 의식변화의 형태로서 해석할 수 있다.

나뭇가지는 슬픔을 바탕으로 하는 애잔한 선율에 따라 인간 본성에 가장 잘 어울리는 행위인 은은하고도 호소하는 듯한 아름다운 곡선의 몸동작으로 살랑거린다. 우리의 한을 환희의 세계로 승화시키는 살풀이춤처럼, 아 이미지들, 꼬았다 풀었다 하는 나뭇가지의 서러운 춤을 통해 다시 탄생하는 바람의 모습을 본다.

반대로 그 비바람에 의해 뒤얽힌 나뭇가지의 비틀리는 또 다른 생명의 꿈틀거림, 어떤 하나의 고정화된 형태로서의 현상이 아닌 다양한 의미로 인식하게 되는 이들의 출렁거림, 이것은 욕망의 어떤 것을 이루지 못한, 혹은 이룰 수 없는 데서 생긴 서글픈 회한, 거기서부터 탈출을 원하는 감성을 지고지순한 경지로 승화시키는 살풀이춤이 아니겠는가.

이 이미지들이 괴로움 그 자체의 모습이면서 동시에 연속되는 괴로움을 부수고 일어나려는 충동적 몸짓으로 우리에게 비칠 때, 그것은 인간 삶의, 혹은 인간 의식의 고독 안에서 파악하게 되는 또 하나의 형태로서의 살풀이 그것의 다른 현장이라고 말할 수 있지 않을까.

3부

겨울 섬 이야기
— 영흥도에서

어젯밤 잠들기 전에는 몹시 추웠다. 엎치락뒤치락하다가 겨우 잠이 들었지만 춥다는 생각으로 깊은 잠에 빠져들 수는 없었다. 그러다가 선잠 끝에 꿈을 꾸게 되었다. 아마 바다로 간 것 같다. 진흙 갯벌을 걷고 있었는데 갑자기 막 달리고 싶다는 생각이 들었다. 그런데 펄이 내 발목을 붙잡고 놓아주지 않아서 달릴 수 없었다.

그때 바다가 살살 다가와 힐끔거리며 배실배실 웃었다. 화가 너무 치밀어 올라서 난 마구 소리를 질렀다. 그래도 펄은 나를 놓아주지 않고 여전히 끼들끼들 웃었다. 순간 나는 바다를 죽여버렸다. 바다는 온몸을 뒤틀면서 단말마의 소리를 질렀다. 나는 큰 소리로 말했다.

"니가 언제 나보고 친하자고 말한 적 있니?"

내 소리에 놀라 잠을 깨니 온몸이 땀에 흥건히 젖었다.

'또 이런 꿈을 꾸다니.'라고 생각하면서 아침까지 뜬눈으로 밝혔다.

추위가 좀 풀리려나, 오후까지 기다렸지만 여전히 추웠다. 더 이상 기다릴 수 없어서 영흥도로 달려갔다. 30여 년 전 인천으로 이사하고 처음 섬에 간 것이 영흥도였다. 그 당시 이 섬은 보잘 것도 먹잘 것도 없는 그저 한적한 시골 마을이었다. 그 후 걸핏하면 이 섬을 찾았다.

밀물 시간인가 보다. 찬바람이 쌩쌩 부는 둑에 넋 놓고 서서 바다를 바라본다. 바닷물이 밀려온다. 들끓는 욕정으로, 들끓는 폭력으로, 들끓는 오열로, 들끓는 한숨으로. 달려오는 저 파도 서해 펄을 감싸 안고 밀려오면서 만들어내는 흙탕물은 화가 난 표범의 얼굴이다. 강한 서풍에 경중경중 뛰어 여기까지 왔다가 시름없이 돌아가는 모습은 눈먼 코끼리가 뒷걸음질 치는 것 같다.

좀 전에 왔다가 못다 한 말이 있는지, 아니면 보고 싶은 것이 있는지 또다시 갈매기들과 손잡고 우우우우 소리를 내며 일렬횡대로 다가온다. 허옇게 게거품을 뿜어내며 급하게 밀려온다. 밀려오고 밀려가는 끝없는 반복의 저 왕래, 그렇게 쉴 틈 없이 오고가기만 하면 어떻게 만나나. 언제 만나 그 살기에 찬 오르가슴을 맛보나. 바람을 맞으며 방파제에 홀로 서서 구만리 먼바다에서 밀려왔다 돌아가는 저 출렁거림을 보고 있으려니 이름 지을 수 없는 그림자 하나가 가슴속 한 자리에서 고개를 든다.

피난살이를 접고 가족들과 함께 부산을 떠나온 것이 초등학교 3학년 때였다. 서울 근교 인천 가까운 한적한 시골 마을로 이사를 왔다. 7채 정도 집이 모여 있는 작은 동네였기에 모두가 친척 같았다. 나물을 무쳐도 좀 색다르다 싶으면 나누어 먹고, 설이면 집집마다 돌아가면서 떡국도 끓여 먹고, 이렇게 내남없이 지내던 동네 사람들이었다.

그때 우리 옆집에 나보다 두 살 아래 사내아이가 있었다. 이 동네에서 우리가 가장 어렸으니 서로 친할 수밖에 없었다. 잠자는 시간 이외에는 항상 같이 놀았다. 풀뿌리 뽑아 뭉쳐 야구놀이도 하고, 자치기도 하고, 일 년에 한 번쯤 돼지를 잡는데 으레 돼지 오줌보는 우리 것이었다. 오줌 구멍에 보릿대를 꽂고 바람을 불어 넣으면 찌그러졌던 오줌보가 탱탱하게 부풀어 올라 공이 되었다. 그것으로 축구놀이를 했다.

논에 가서 미꾸라지도 잡고, 긴 막대를 낫으로 베어다 끝을 뾰족하게 하여 호랑이라는 별명을 가진 아저씨네 산에 몰래 가서 밤나무를 툭툭 쳐서 떨어진 밤을 까먹기도 했다. 겨울이면 썰매를 만들어 논에 가서 타기도 했고, 정월에는 쥐불놀이도 하였고, 밭두렁 논두렁에 불도 지르다가 산불이 날 뻔했던 적도 있었다. 지금도 잊을 수 없는 수많은 놀이를 하며 어린 시절 같이 놀고 자란 그 친구.

그 후 우리는 서울로 이사하였다. 그래도 우리가 살던 집을 팔지 않고 그대로 두어 어머니는 자주 그곳에 가셨고 그 친구의 소식을 들려주곤 하셨다. 그런데 그 친구가 결혼하고 일이 년 후 무슨 일인지 인천으로 가서 어느 섬 바다로 걸어 들어갔는데 시신을 찾지 못했다고 한다.

그 후 많은 시간이 흐른 뒤 나는 인천에서 살게 되었다. 그리고 그 친구 생각이 가끔 나고, 그런 꿈을 꾸는 날이면 언제나 이곳에 온다.

아름답지만 서러운 내 추억을 떠나보내야 한다.

'이제는 떠나보내야 한다.'며 수없이 뇌까려보았던 마음속 깊은 곳에 남아 있는 그림자, 그 흔적을 바닷물이 싹싹 씻어 데려갔으면……. 그러나 바닷물은 데려가지 않고, 그것 역시 내게서 여전히 떠나려 하지 않고 그저 마음속에 숨으려고만 한다.

익사의 색깔을 띠고 있는 저 파도 속속들이 그 친구가 있어 하고 싶은 말이 있어 자꾸 오는 것은 아닌가. 이제는 그토록 성난 얼굴로 오지 말라고, 모든 것 놓고 갔으면 그만이지 무슨 그리움이 그토록 깊어 자꾸 오느냐고, 나 여기 서서 바다 끝을 향해 소리쳐 본다. 몇 시간을 그렇게 서 있다 돌아온다. 힘없이 걸어오는 등 뒤로 갈매기 한 마리 살살 따라온다.

그랜드캐니언

사실 미국이라는 곳은 우리가 너무 자주 불러주는 나라이다. 그래서 잘 안다는 착각 때문에 특별한 일이 없는 한 오히려 여행하지 않는 나라 중의 하나이다. 그러한 미국인데 로스앤젤레스에 거주하는 한국인 문인들이 우리 부부를 초정하였다. 예정된 강의 일정을 끝냈더니 온 김에 이곳을 구경하라는 것이었다. 그분들의 배려와 현지에 사는 친구의 안내를 받아 많은 곳을 보게 되었다.

로스앤젤레스 주변의 해변 몇 군데, 메릴린 먼로의 묘가 있는 작은 공동묘지, 두세 곳의 박물관, 미술관, 헌팅턴 라이브러리 등 관광객이면 누구나 가는 이곳저곳을 보고, 그리피스 공원의 언덕에 영화의 도시임을 알리는 알파벳 'HOLLYWOOD' 세트장도 보고, 마지막으로 그랜드캐니언을 한 번 보는 것도 일정에 들어 있었다.

아침 일찍 출발했다. 모하비는 세계에서 몇 안 되는 광활한 사막으로, 미국 캘리포니아 주 남동부와 네바다, 애리조나, 유타 주의 일부에 걸쳐 있는 건조한 지역이다. 조슈아 나무 등이 자라며 나무처럼 큰 선인장이 있는 단조롭기 그지없는 풍경이다.

그 가운데 세계의 모든 기종의 항공기가 폐기되지 않고 그대로 방치되어 있고, 멀리 까마득한 점처럼 보이는 것은 교도소이다. 기차가 50량쯤 달고 천천히 가는 모습을 볼 수 있었다. 아마도 지하자원 중에 어떤 것을 채굴하여 싣고 가는 것이겠지. 가도가도 똑같은 이런 풍경을 온종일 달려야 하는 모하비 사막은 160만 에이커나된다고 가이드가 설명했다.

달리고 달려도 끝없는 사막 한가운데에서 누구 하나 죽어 묻힌들 아무도 모르리라. 이런 사막이 있으니 미국에서는 영화에서 보듯이 갱단이 사람 하나 쥐도 새도 모르게 죽이는 게 가능한 일일 수도 있을 것 같다.

정말 미국은 광활한 땅을 가진 나라임이 틀림없다. 그렇게 온종일 달려간 곳은 콜로라도 강변에 있는 배 모양의 콜로라도 벨 호텔이었다. 거기서 일박을 하게 되어 저녁식사 후 밤의 콜로라도 강변을 혼자 거닐었다. 이 강의 발원은 콜로라도 북쪽 로키산맥의 눈이 녹아 흐르는 골짜기이다. 그리하여 북아메리카 대륙에서 가장 넓고 가장 건조한 지역을 적셔주는 고마운 강물이다.

다른 사람들은 카지노를 한다며 그쪽으로 갔지만 나는 그런 것을

3부

잘 알지도 못하고 또 별로 흥미도 느끼지 못한다. 그뿐만 아니라 다음날 라스베이거스에 가기로 되어 있으니 그때 카지노 구경을 해도 늦지 않다는 생각이 들었다.

가벼운 차림으로 강변으로 나갔다. 콜로라도 강을 보리라고는 생각지도 못했다. '이런 곳을 다 와 보는구나.' 하는 이름 지을 수 없는 감상에 젖어있었다.

강변을 이리저리 거닐면서 중학교 시절 음악시간에 배운 "콜로라도의 달 밝은 밤은……"이라는 노래를 혼자 부르기도 하고, 달이 떴나 하늘도 보며 강물 속에서 혼자 유유히 헤엄치는 물고기를 카메라에 담아 보면서 자정이 되도록 강변을 거닐었다.

다음 날, 똑같은 풍경의 그 사막을 보면서 종일 달려 드디어 세계 7대 불가사의 중의 하나라는 그랜드캐니언에 도착하였다. 말로만 들었던 그랜드캐니언은 정말 어마어마하게 넓고 깊었다. 말 그대로 장엄했다. 역시 큰 나라는 무엇이든지 컸다. 콜로라도 강은 끊임없이 흘러 때로는 완만하게, 때로는 폭포가 되어, 때로는 급물살을 만들면서 이 땅에 변화를 주었고 장엄한 천연 조각물들을 깎아 대자연의 신비를 만들어 놓았다.

콜로라도 강의 총 길이 2,330킬로미터인데 그중 그랜드캐니언을 통과하는 것은 약 350킬로미터이다. 대협곡의 거리는 446킬로미터나 된다고 하니 그랜드캐니언의 풍경은 이 강이 만들었다 해도 지나친 말이 아닐 것이다.

이 강이 흐르면서 시작된 침식작용으로 빙하기에서부터 현재에 이를 때까지의 지층이 나타나 있어 오랜 지구의 역사를 그대로 보여준다. 따라서 각각의 지층을 통해 지구의 생성과정을 연구하는 데 매우 중요한 자료가 되고 있다. 이렇듯 수만 년을 풍화와 침식작용을 반복하는 동안 대협곡은 각기 조금씩 다른 단층, 기암괴석들, 노을빛을 닮은 흙으로 바뀌었다. 마치 신의 제단을 보는 듯했다.

그랜드캐니언은 지구상에 있는 자연풍광 중에서 원시적인 아름다움을 가지고 있는 몇 안 되는 것 중의 하나임이 틀림없다. 말 그대로 자연의 위대함을 보여주는 곳이라 할 수 있겠다. 이 광활한 풍경을 좀 더 높은 곳에서 넓게 살펴보기 위해서는 경비행기나 헬리콥터를 이용하기도 한다. 나는 이 거창한 아름다움을 보이는 것만큼만 눈에 담고 마음에 새기고 싶을 뿐이다. 그것만으로도 충분히 감탄할 수 있기에.

그 풍경 앞에서는 누구도 신의 솜씨가 아니라고 말할 수는 없으리라. 넋이 나간 듯 멀리 바라보고 있자니 얼핏얼핏 사람들이 협곡을 날아다니듯 빠른 속도로 달리기에 가이드에게 저들이 누구냐고 물었더니 인디언들이라 했다. 수천 년 전부터 이곳에 뿌리를 내리고 살아온 북미 대륙의 주인이었던 그들이 지금은 멸종위기의 인간으로 분류되어 특정 구역에서 보호를 받으며 원시 그대로 가난하게 살아간다는 것이다.

마치 우리 안에 갇힌 보호동물처럼. 생존경쟁에 힘없이 밀린 그들을 보고 나니 이 거대한 자연풍광을 가진 나라, 위대한 문명국가로 거듭나면서 신대륙 개척의 역사를 가진 미국, 이 나라를 만든 백인들의 행적을 두고 씁쓸한 마음이 드는 것은 왠지 모르겠다.

무지개는 뜬다

저녁 무렵 손님과 함께 식사하려고 사무실을 나섰다. 굵은 빗방울이 얼굴에 뚝 떨어졌다. 하필 이 순간 비가 오려나 하며 하늘을 바라보았다. 아! 그 순간 선명하게 예쁜 무지개가 떠 있었다. 나로 하여금 무지개를 보게 하려고 빗방울 하나가 떨어졌나 보다. 무지개를 보았던 게 언제였던가.

까마득하게 먼 옛날이었을 거다. 나는 생전 처음인 듯 무지개를 보고 있었다. 옆에 손님이 있다는 것도 잊은 채 무지개를 보고 있다가 건물 옥상으로 뛰어 올라갔다. 그곳에 올랐을 때는 이미 쌍무지개가 되어 있었다. 가방에서 급하게 카메라를 꺼내 마구 사진을 찍기 시작했다.

어렸을 적에 무지개를 보면 산으로 막 달려가곤 했다. 그 당시 하늘에 뜬 무지개는 한쪽 다리를 꼭 산에 걸쳐놓고 있었기 때문이었다. 가서 무지개를 만져보고, 그 안에 서 있고 싶었다. 거기에 서면 나도 알록달록 물들고, 게다가 무지개 속에는 찬란한 동네가 있을 것 같아서였다.

그런데 내가 달려가기도 전에 무지개는 사라졌다. 아마 하늘도 보여줄 아름다운 것을 더 이상 갖고 있지 않았던 모양이다. 그러니까 그렇게 후다닥 그걸 거둬가곤 했겠지. 아니면 신이 나를 희롱한 것일지도 모르고, 그 아름답고도 적막한 놀이에 나는 번번이 졌고 너무도 속상해 혼자 숨어서 훌쩍훌쩍 울곤 했다.

"왜 우느냐?"고 엄마가 물으면 "무지개가 날 버리고 가버렸어." 항상 똑같은 질문과 대답이었다. 그러면 엄마는 "무지개는 자꾸 뜬단다. 비가 오고 나면 다시 우리 마을에 찾아오지. 그때 만져보면 되잖아." 엄마는 내 어깨를 다독여주면서 다정하게 일러주셨다.

그때는 그 말을 이해하지 못했다. 나이를 더 먹고 무지개는 만질 수 없다는 걸 알 때까지. 그리고 내가 지금 사는 여기 이 땅이 일곱 빛깔 아름다운 무지개 마을이란 것을 훨씬 후에 알게 되었다.

나비는 왜 두 마리가 함께 날아다니는지 알게 되었을 무렵, 달이 왜 호젓한 밤에 뜨는지 알게 된 무렵, 무지개보다 더 영롱한 무지갯빛 세상이 여기라는 것을 알게 되었다. 지나간 봄은 언제나 향기롭고 따뜻했다고. 그 봄을 가슴에 부둥켜안고 봄이 얼어버릴까 봐 두툼한 옷을 입고 다니면서 이곳은 정말 일곱 빛깔 아름다운 세상이라고 생각했다.

그 일곱 빛깔 사이사이로 꽤 긴 시간이, 그 빛깔들 사이로 강물이, 나무가, 울창한 산의 그림자가, 여기저기 떠다니는 사랑이, 쓰디쓴 영혼으로 쏟아놓는 저주가, 미래를 파괴하는 과거 이 모두가 흘러갔다.

강물 위에서, 산꼭대기에서 난 커다란 자루를 만들었다. 나와 내 주위를 맴도는 또 다른 '나'들과 함께 날이 가면 갈수록 더욱더 큰 자루를 만들었다. 일곱 빛깔 아름다운 욕망을, 욕심을 하나 가득 담으려고. 꽤 오랜 시간 꼼꼼히 꿰매고 손질하여 커다란 부대를 지었다. 행여 어설피 만들었다가 그 모든 나의 수집물들이 빠져나갈까 봐 정성을 다해서 만들었다.

너무도 많이 넣어 짓눌려 숨도 쉴 수 없을 만큼 꽉 채운 그 자루. 지금도 잘 있냐구? 없어. 없어졌어. 어디 갔는지, 언제 없어졌는지 모르겠어. 아마 내가 한눈파는 사이에 사라졌는지도 모르겠고, 아니면 내가 그걸 너무 세게 움켜잡고 있으니 숨이 막혀서 스스로 도망쳤는지 모르겠어. 아니면 또 다른 음탕한 세상에 젖어 그까짓 알록달록한 욕망들을 볼 겨를이 없었는지도 모르겠지. 아무튼 지금은 없어. 넝마 몇 조각 넣어둔 이 자루가 전부야.

지금 내가 글을 쓰고 있는 이 노트 위로 무지개가 뜬다. 마치 파스텔로 그린 것 같은 무지개가. 이제는 자루가 없어 넣어두지도 못하는데 무지개는 자꾸 떠서 나에게 온다. 그동안 눈물비를 너무 많이 흘렸기 때문인가? 더 이상 무지개를 가두어야 할 자루가 없다는 걸 알기 때문일까, 아니면 내가 그걸 가두려 하지 않는다는 것을 알기 때문일까. 무지개는 자꾸 뜬다. 노트 위에서, 내 마음속에서. 우리 엄마가 말했듯이.

본계수동을 다녀와서

올해도 중국 심양으로 가게 되었다. 이제는 늘 가는 곳이라 신기할 것도 더 이상 볼 것도 없다는 생각을 하였다. 5월 내내 바쁜 일정으로 쉬지도 못하고 잠도 제때 잘 수 없었다. 게다가 5월 15일 떠나는 날까지 밀린 일을 처리하느라 새벽 5시까지 하고 잠시 눈도 붙여 보지 못한 채 그 길로 공항으로 갔다.

비행기에서조차도 일정에 쫓겨 못다 한 이야기를 하느라 쉬지도 못하였다. 심양에 도착하자 피로가 밀물처럼 밀어닥쳤다. 잠시 눈을 붙이고 싶었지만 내부수리를 한 이 호텔 방은 창문조차 고장 나 통풍이 잘되지 않았다. 새 자재 냄새로 눈도 뜰 수 없는 지독한 상황이었다.

쉬지도 못한 채 방을 바꿔 달라는 요청을 해도 빨리 처리되지 못해 기다리고 있는데, 공연 프로그램이 바뀌었으니 단장을 좀 만나

자는 연락을 받았다. 졸음에 지쳤고 냄새에 지친 눈에서는 눈물이 줄줄 흐르는데도 긴급회의 끝에 급하게 순서를 짜 맞추다 보니 우리 공연 팀의 순서를 뒤에 넣을 수밖에 없었다.

야외 공연장의 하루가 저물어가고 어떻게 할 수 없을 만큼 추워지는데도 3주 이상 쌓였던 피로가 엄습해 와 그냥 잠이 쏟아지는 것이었다. 옆에서 쿡쿡 찌르는데도 잠은 사정없이 쏟아지고, 약 10분 동안 그렇게 견디기 어려운 상황에 있었다. 그러다 겨우 정신을 차리고 눈을 뜨고 공연하는 것을 보게 되었다.

그동안 여기저기 공연장으로 우리 팀을 데리고 다녀야 하기에 다른 팀의 공연을 잘 보지 못했는데, 덕분에 이번에는 다른 팀의 많은 공연을 보게 되었다.

다음날 오전 중에는 공연이 없었기에 그 시간을 이용하여 우리는 여행 코스를 잡았다. 우리가 아침부터 달려간 곳은 본계수동(本溪水洞)이다. 1983년에 개발된 이 동굴을 중국에서는 세계에서 가장 길다고 하지만 사실은 동양에서 가장 긴 편이다. 석회암 동굴로서 수백만 년 전에 형성된 본계수동 내부에는 은하(silver river)라고 부르는 맑고 깨끗한 호수가 있다.

심양시에서 160킬로미터 떨어져 있으며 본계시에서는 28킬로미터 떨어진 교외에 있다. 본계수동의 전체 길이는 5.8킬로미터이며, 현재 개장되어 관람할 수 있는 것은 2.8킬로미터이다. 전체면적은

36만 제곱미터, 내부 공간은 40만 세제곱미터이다. 평균 너비는 38미터이고 천장 높이는 70미터이다.

동굴 내부를 흐르는 호수 위로 형형색색의 대형 종유석과 석순들이 장관을 이룬다. 어느 것은 아름다운 여인이고 어느 것은 불상인가 하면 또 어느 것은 신선이다. 천장에 매달려 있거나 땅 위로 솟아올랐다. 형태와 제가 있는 자리는 각각 다르지만 어느 것 하나라도 놓치고 싶지 않은 모양들이다.

천천히 돌면서 모두 카메라에 담아보고 싶었지만 우리가 타고 있는 보트는 예정된 시간대로 달리기에 사진을 찍는 일은 거의 불가능했다. 얄미운 보트이지만 동굴 호수의 수심이 평균 2미터에서 7미터이기에 보트를 이용하여 내부를 관람할 수 있다는 것만으로 한편으로는 다행한 일이 아닐 수 없었다.

입구에서 겨울 코트를 하나씩 나누어주어 그걸 입고 동굴을 구경하였지만 한 시간여 동안 안에서 머문다는 것은 무척 추운 일이었다. 가끔 물속에 색깔 있는 전등이 있어 물빛을 초록으로 혹은 붉은색으로 보여주고 있어 어둠 속에서도 '여기가 수면이구나.' 알 수 있었다. 그러나 그 물이 붉거나 초록, 혹은 검은색일 뿐 본연의 물빛을 알 수는 없었다.

물을 직접 손끝으로 맛보고 싶다는 생각이 들었다. 가만히 호수에 손을 넣어 보았다. 차고 매끄럽지만 몹시 보드라운 느낌이었다.

마치 갓 태어난 아기의 살결 같은 여린 감촉을 주는 물이었다. 컴컴한 곳이기에 물이 얼마나 맑은지 눈으로 확인이 잘 되지 않아 손으로 살짝 떠보았다. 손가락 사이로 다 흘러버려 그대로 손을 물속에 담가 보았다. 어둠 속에서도 손바닥이 보이는 것이 '참 맑은 물이구나.' 하는 생각이 들었다.

두 손으로 다 셀 수 없는 그 많은 시간을 두고 그리도 맑고 맑았던 물, 수백만 년을 두고두고 그 한 곳에만 고여 있으면서 티 하나 없이 맑은 이 물. 천정에서 한 방울 한 방울 떨어지는 물방울을 받아먹으면서 그렇게 투명하게 사는 것만이 진실이었다는 듯, 그 긴 시간을 숨어 지내면서 순정을 지킨 흔적을 보여주고 있었다.

내 마음속 하수구에 고여 썩어가는 설움, 저 종유석에 매달렸다가 한 방울 한 방울 떨어질 수 있으면. 이 호수 밑바닥까지 내려갔다가 가장 깨끗한 물방울로 떠오를 수 있다면. 나도 이 물과 함께 한평생 지낼 수 있다면.

설악에서의 하루

이미 캄캄한 밤, 나는 어둠을 가르며 강원도를 향해 달렸다. 어둠의 제왕들이나 하는 짓을 한 번 흉내 내어 본 것이다. 동해에 도착할 무렵은 여명의 시간이었다. 주차하고 바닷가에 닿았을 때는 박명, 숨 한번 크게 쉬고 있자니 동해에서 해가 떠올랐다.

3대에 걸쳐 공덕을 쌓아야 오메가 형태로 떠오르는 해를 볼 수 있단다. 하지만 눈도 깜짝하지 않고 보고 있자니 내가 불쌍했나, 아니면 착시 현상인가. 희미하게나마 어항을 엎어놓은 듯한 모양이 되었다. 아침 바다에서 떠오르는 해를 본 것이 얼마 만인가. 그 기억이 하도 까마득하지만 안간힘을 쓰며 오메가 형태로 떠오르는 태양을 드디어 본 것이다.

절로 도는 지구도 태양을 받아들이느라 저리 안간힘을 쓰는데 하물며 보잘것없는 인간이 사는 일이랴. 동해 푸른 물살에 묵은 때 켜

켜이 쌓인 심장 꺼내 훌훌 헹궈도 보고, 바다에서 갑자기 어시장 좌판 큰 고무 그릇으로 옮겨 앉은 문어에게 불편하고 불쾌하겠지만 용왕의 안부도 물어보았다. 꾸룩꾸룩 낮게 나는 갈매기를 불러 "남들은 다 땅에 있는데 그렇게 날아다니니 좋냐?"며 실없이 농도 한번 걸어보고, 도 닦는 도사처럼 생긴 갯바위에게 석가모니 근황도 물어보았다.

쌀이 나왔다는 바위가 있던 절 화암사에서 세상 근심 다 잊기도 하고, 흐르는 화암계곡 물에 나를 흘려보내기도 하였다. 하늘이 하도 푸르러 나를 물들여도 보고, 붉은 색깔로 변하는 나무를 보면서 나도 변색해 보고, 너럭바위에 앉아 가야금도 타보며, 마고선처럼 생긴 흘러가는 흰 구름을 보면서 나도 훌훌 날려보냈다.

바위 틈새에 난 시들어가는 작은 풀을 보며 자취 없는 무의 세계로의 도망을 꿈꾸며 잠시 이 세상 사람이 아닌 듯했다. 팔랑거리며 달려오던 다람쥐가 나를 보자 도망가는데 실은 내가 더 놀랐다. 타향살이 몇천 년에 이제는 고향 생각도 나지 않을 울산바위 위에서 까마득히 깊은 골짜기를 보면서 낙화암의 삼천궁녀의 마음도 헤아려 보고, 고사한 나무에게 장래 희망을 물어보며, 애써 떠오르던 태양이 간다고 붉은 눈물 흘리며 써늘해지는 햇살 등으로 맞으며 하산했다.

그리고 강원도를 훔친 나는 또다시 밤도망을 하였다. 인천으로.

술

술!

참 좋은 것이라고 늘 생각했다. 언제나 긴장하고 살아야 하는 생활에 다소 느슨해지면서 그 느린 템포로 말을 할 수 있고, 그 느린 템포로 걸을 수도 있으며, 그 느린 템포로 화도 천천히 올라오고, 그래서 느린 템포로 서로 용서도 한다. 또 느린 템포로 웃을 수도 있다. 대꾸도, 화도 빨리 나타내지 못하는 내 성정에 딱 맞는 속도라서 참 좋다. 그래서 술을 가끔 마시게 되고.

술!

지난 금요일에 술을 마셨다. 그리 많이 마신 것은 아니라는 생각이다. 그런데 어디서부터 꼬였는지 끝내 버티지 못했다. 포장마차 안으로 바람이 몹시 불었기 때문이었을까, 가을이기 때문이었을까.

그런 것이 무슨 이유가 되겠는가. 그런 것은 모두 핑계이겠지.

아무튼 난 중도에서 고꾸라졌다. 배를 타고 항해를 하는 것 같기도 하고, 구름을 타고 하늘로 날아오르는 것 같기도 했다. 배를 탔든 구름을 탔든 아무튼 지옥문까지 갔었던 건 사실이다. 지옥문 앞의 풍경은 그리 아름답지는 않았다. 나는 내 은신처를 어디서 찾아야 할지 걱정이 되었다. 어둡고 쓸쓸한 바람이 불고 별도 없는데 더욱 무서운 건 아무도 없다는 사실이었다.

나는 사랑을 구걸하는 자가 되어가고 있었다. 내가 기대고 싶은 사람 어디에도 없고, 나 부축해주는 사람 아무도 없다. 나에게 말 거는 사람 더더욱 없고, 더욱 슬픈 것은 여기 함께 앉아 있는 사람들에게 전혀 동화될 수 없다는 사실이다. 나는 혼자 고립되어 죽은 자들과 혹은 존재하지 않는 자들과 시간과 공간의 장벽을 넘나들면서 아무도 알아들을 수 없는 대화로 만족해야만 했다.

무엇보다 나는 한 인간이고 여기에 있는 다른 사람들과 평등하다는 사실인데 자꾸 고꾸라지고 있는 거다. 내 몸 누일 곳 없어 스산한 바람에 이리저리 흔들려야 한다는 것이 내 영혼 밑뿌리에서 회의하고 있었다. 적막한 밤공기 소리는 내 귀에 윙윙 들리고, 나는 이제 어디로 내 몸을 숨겨야 할까? 그 순간 나의 몸은 한없이 팽팽해지고, 찌그러지고, 비틀렸다. 검은 하늘은 내 눈앞에서 찢어지고, 대지는 내 발밑에서 쭈글쭈글 주름이 잡혀가고 있었다.

내 자유의 토대 속에 이런 붕괴가 도입되는 것은 나를 나 자신으로부터 격리해보려는 의도 이외에 아무것도 아니란 걸 어렴풋이 깨달았다. 그래서 나는 더 이상 그 자리에 앉아 있을 수 없다는 판단을 했다. 일어나 걸으니 지면조차도 고르지 못해 낮은 듯 걸으면 높고, 높은 듯 걸으면 낮고, 자꾸자꾸 헛디뎌 넘어지려고 하였다.

술!

그래도 몇몇 고마운 분들이 있어 나를 내 집 앞에 내려주어 무사히 들어왔다. 그런데 견딜 수 없는 울렁거림에 밤이 새도록 끙끙거리고, 무엇을 얼마나 먹고 마셨는지 아래위로 오랫동안 계산을 했다.

드디어 다음 날 아침이 오고, 난 일어나 움직이려고 무진장 노력했지만 허사였다. 낮이 되도록 악몽은 끝이 나질 않았다. 덕분에 해야 할 일들을 못 했고, 약속했던 모든 일도 못 지켜 부질없고 부실한 사람이 되었다. 지식의 증대는 필연적으로 성적 에너지의 상실을 수반하지만 취기의 증대는 기억상실을 수반한다는 것을 체험하지 않을 수 없었다.

그 많은 할 일들을 하나도 못 했는데 그래도 사람들 참 부드럽고 눈물 나도록 너그러웠다. 그럴 수도 있다고 이렇게 못난 나를 위로도 해 주었다. 정말 이 순간 술이라는 것은 우리 생활에서 '부정(否

定)'이라고밖에 말할 수 없다고 생각했다.

　술!

　그 악몽이 일요일 점심 무렵이 되어서야 겨우 나를 놓아주었다. 그때야 뽀시시 일어났다. 이런 제기랄! 물 한 모금 마시고 술님에게 인사를 드렸다.

　"그동안 난 당신의 종이었습니다. 나를 이틀 동안 붙잡고 있었던 소감이 어떠했습니까?"

　"이제 내가 너를 놓아 줄 테니 네 마음대로 하라."

　"고맙습니다."

　정중하게 인사를 드리고 부리나케 집을 나섰다. 어제의 술과는 이제 하직을 한 셈이다. 몸속에 남아 있을 술 냄새 목욕탕에 가서 싹 빼버리고 섬으로 달려갔다. 왜냐하면 지는 해를 배웅해야 했기 때문이다. 붉은 저녁놀은 나에게 야속하다고 눈물 보이는 눈 같았다. 오늘 난 그 해를 세심동 개심사에서 만나고 헤어지기로 약속했었다.

　그러나 할 말이 없는 나는 그저 멋쩍은 웃음만 보였다. 모두 다 뽑아 버린 뒤 이틀 동안 아무것도 들어가지 않은 뱃속만큼 머리도 가볍고 깨끗했다. 내 마음속에 갇혀 언제나 나오고 싶어 했던 말들, 그 말들도 다 나오고 싶다고 아우성치는 것 같았다.

먼 데서 오는 여인

202

어둠이 내리는 갯벌에 모든 말들을 부려 놓았다. 몸도 마음도 머리도 깨끗해졌다. 그러나 모든 기억상실의 발단에는 특정한 체험이 있기 마련이다. 어제의 경우 그것은 술이었다는 것을 지금 내가 알고 있기에 나는 한 가지 약속과 더불어 술에게 부탁을 했다. 더 많이 마시는 법을 잘 익히겠다는 것을, 나를 취하게 하지 말아 달라는 것을.

스물두 살의 여름
— 30년 만의 답장

스물두 살, 아! 입속에서 살짝 종알거리기만 해도 가슴이 뛴다. 얼마나 해맑은 단어인가! 또 얼마나 예쁘고 싱싱한 계절인가! 우리 인생에서 가장 아름다운 꽃이 피던 시절.

지금 너는 너무 멀리 쉽게 손닿을 수 없는 지구 반대편에서 살고 있지. 너에게서 긴 편지를 받고 보니 목구멍으로 울컥 그리움이 올라오는구나. 스무 살 그때도 너는 나에게 편지 쓰기를 좋아했어. 너는 나에게 다시는 찾을 수 없을 것 같은 추억을 일깨워 주었지.

나는 너였고 너는 나였을 만큼 금을 긋지 않은 채 우리는 그토록 다정했었는데 난들 어찌 쉽게 너를 잊을 수 있겠니? 내 속에 있는 하고 싶은 말 정작 당하면 표현하지 못하는 나의 못난 성격 너도 알지? 그랬던 거야. 그래서 말하지 못했던 거야. 나도 너처럼 네가 그리울 때가 있단다.

기억나니. 우리 4학년 졸업 반 때의 그 여름이? 젊은 시절의 치기라고 간단하게 말할 수는 없을 거야. 그때 우리의 모습을 우리가 지나온 학생시절의 마지막 여름방학이라고. 우린 떠났지. 기차를 타고 동해로……. 덜컹거리는 버스를 타고, 비포장도로에서의 흔들림으로 우리는 까무러칠 정도였어. 앞서가는 자동차는 이 세상의 흙먼지를 모두 모아 우리 앞에 쏟아 놓는 것 같았고 캑캑거리며 그 자동차의 뒤를 얼마나 따라야 했던지…….

우리가 도착한 곳이 화진포였던가? 비릿한 바닷내음. 지금 고백하건대 우리가 가졌던 여행에의 환상에 빠지기도 전에 짜디짠 바닷바람과 맞서 살아가는 사람들에게서 난 정말 진한 사람 냄새를 맡았었단다. 여관도 변변히 없던 곳 우리가 며칠 묵을 집을 찾아 이집 저집 기웃거릴 때 젊은 처녀들 아무 데나 내굴리면 안 된다고 당신 집으로 데려가 당신 딸처럼 잘 거두어 주시던 할머니. 그 할머니는 지금도 살아계실까. 그때의 맛깔스런 명탯국 끓이는 솜씨 아직도 간직하고 계실까?

"곱기두 해라." 하시며 우리 등 두들겨 주던 마디 굵은 손, 밥을 많이 먹어야 애를 쑥쑥 잘 낳는다고 밥그릇에 자꾸자꾸 밥을 얹어 주시던, 소금물에 절은 짜디짠 손. 우리가 떠나 올 때 오징어 댓 마리 구미구미 싸 들고 자꾸자꾸 따라오면서 눈물 훔치던 갈라진 손. 그 할머니의 손을 화진포에 가면 지금도 볼 수 있을까? 그 손 잡으면 지금도 따뜻하고 아늑할까? 그때처럼.

생생하게 생각난다. 그 밤, 우리가 누웠던 따뜻하고 축축한 모래펄 갯바위 사이로 술래잡기하던 바다반딧불이. 물 위에 동동 떠서 단잠 자던 고기잡이배들. 내 사랑 입김 같은 찜찔하고 뜨겁던 해풍. 영원불변은 이것뿐이라고 말하는 듯 시작이 끝이고 끝이 시작인, 이어지고 이어지던 파도의 철썩거림, 새벽 이내 자욱하게 내릴 때까지 아무 말 없이 모래펄에 반듯이 누워서 바라보던 밤하늘의 별, 별, 별. 마노 같은 까만 눈동자, 가슴으로 해일처럼 밀려오던 그것들의 속삭임.

네가 사는 그 동네에도 바다가 있다고? 가끔 거기 가서 밤을 보내곤 했다구. 둘이서? 요즘은 혼자서 간다고?

퐁피두 예술문화센터

퐁피두센터는 1969년 퐁피두 대통령이 수립한 정책의 하나로 도서, 회화, 조각, 음악, 공연, 영화, 비디오 등 종합적인 현대예술 문화공간이 기획되어 국제적인 설계 공모전을 거쳐 건립되었다. 이탈리아의 렌조 피아노(Renzo Piano)와 영국의 리처드 로저스(Richard Rogers)의 설계안, 유리를 사용한 디자인 방법론을 중심으로 설계하는 아일랜드 태생 피터 라이스(Peter Rice, 1935~1992, 23세 때 첫 번째 작업이 시드니의 오페라 하우스)의 구조설계가 681대 1의 경쟁률을 뚫고 당선되어 1977년에 완공된 건물이다.

일반적으로 건물을 지을 때 구조와 설비가 내부로 감춰지기 마련인데, 이 건물은 내부 구조물이 건물 밖에 정렬되어 있어 에펠 탑을 만들 때만큼이나 논쟁의 대상이 되었다. 이 건물은 '공장 같다'라는 말들이 많았으나 이렇게 짓는 이유는 자연 채광을 극대화하고 장식적 효과를 극소화하며 내부 공간을 최대한 활용한다는 하이테크 건축방식이었다. 오늘날에 와서는 명실공히 프랑스 현대예술과 문화의 선두주자로서 확고한 자리를 굳히게 되었다고 평하고 있다. 모더니즘과 포스트모더니즘 사이의 건축적 담론에서 처음으로 이탈한 중요한 건물로 여겨지고 있다.

1977년 12월 31일 데스탱(Valéry Giscard d'Estaing) 대통령 임기에 오픈한 퐁피두센터는 파리 4구의 레 알르(Les Halles)와 르 마레(Le Marais) 인근의 보부르(Beaubourg) 지역에 있다. 이 지역은 원래 창녀촌과 술집이 밀집해 있던 유흥가였다. 그런 곳을 재개발하여 초현대식 건물을 지은 것이다.

드골 정부의 문화부 장관이었던 작가 앙드레 말로(André Malraux)는 20세기의 예술을 전시하는 대표적인 박물관을 만들 의도를 가지고 있었다. 역사적으로 미술창조의 요람으로 국제적 위상을 지녔던 파리가 제1, 2차 세계대전 이후 '예술의 중심지'라는 타이틀을 미국의 뉴욕에 넘겨주어야 했다.

그래서 미술사적 위상을 굳건히 유지하기 위한 대대적인 국·공립 현대미술센터 건립에 대한 의도가 퐁피두 대통령에 의해 구체화되었다. 그 결과 퐁피두센터는 예술적 고립을 타파하고 국제적 규모의 전시회를 유치함으로 미술문화 교류를 목적으로 2천 년 대에는 명예회복을 노리게 되었다. 한 마디로 프랑스인들의 야심을 엿

볼 수 있는 공간이 된 것이다.

예술의 중심지라는 타이틀을 획득하거나 지키기 위해서는 적어도 대통령의 의지가 있어야 함은 당연한 일이다. 제2차 세계대전 후 제5공화국이 시작된 이래 역대 프랑스 대통령들은 저마다 예술문화 애호가임을 과시했다. 1944년 해방된 파리로 돌아온 18대 샤를르 드골(Charles De Gaulle) 대통령은 조국의 영광을 되찾기 위해 시인 폴 발레리를 먼저 찾았다. 그리고 소설가 앙드레 말로(André Malraux)를 문화부장관으로 임명하여 문화대국의 초석을 닦았다.

19대 조르즈 퐁피두(Georges Pompidou) 대통령은 프랑스시 선집을 펴내고, 동시대에 길이 남을 건축과 도시계획적인 총체를 파리시에 부여하겠다는 그의 방침을 그대로 실행하여 퐁피두 예술문화센터를 세웠다. 뒤이어 지스카르 데스탱(Giscard d'Estaing) 대통령은 오르세 미술관을, 도스토옙스키의 작품을 탐독했던 미테랑 대통령은 루브르 박물관과 바스티유를 개조했다.

10대 시절 러시아 시인 푸시킨의 작품을 번역했다고 자랑하는 시라크 대통령도 퇴임 전 2006년 6월 23일에 대규모 비유럽권 문화 박물관을 '원시예술 전시관'이라는 별칭으로 개관했다. 문화장관들도 대개 당대 최고의 예술문화인이었다. 이렇게 문화예술 국가로 그 명성을 유지하는 데는 예술에 조예가 깊은 대통령이 있었음을 확인할 수 있다.

퐁피두센터의 내부는 도서관, 공업창작센터, 음악음향의 탐구와 조정 연구소, 파리국립 근대미술관 등으로 구분되어 있다. 이 건물의 외부는 빨강, 노랑, 파랑 등의 색깔을 가진 파이프들이 건물 밖에 얼기설기 걸려 있고, 유리벽 내부로 보이는 에스컬레이터는 사선으로 오르내린다. 아무튼 이런 건물 모양이 처음에는 안정적이지 못하고 어수선하고 섬뜩한 느낌까지 주었다. 그러나 여러 번 보니 상당히 현대미학적으로 잘 지어졌다는 생각이 들어 때로는 건물 밖에서 건물을 감상하기도 한다.

이곳에 온 것이 4년 만인가 보다. 4년 전보다 좀 낡은 듯한 느낌을 주는 이 건물을 밖에 서서 한참 동안 바라보다가 안으로 들어갔다. 오늘 여기 온 것은 히치콕의 영화 인생이 이곳에서 전시되고 있기 때문이다.

제일 처음 들어선 방은 불을 모두 꺼 놓아 아주 캄캄하였다. 도저히 움직일 수가 없어 벽에 기대어 눈을 감고 좀 있다가 눈을 뜨니 어둠에 익숙해졌다. 그 순간 눈앞에서 뭔가 아주 작은 불빛들이 반짝거렸다. 불빛 쪽으로 발을 조심스럽게 옮기며 다가가니 작은 유리관이 있었고, 그 안에 불빛을 밝혀 놓았다. 무엇 때문일까. 유리관에 얼굴을 가까이 대고 자세히 들여다보니 소품들이 그 안에 놓여 있었다.

그 순간 '아! 이것이구나.' 하는 감탄사가 절로 나왔다. 그것은 영화의 어떤 결정적인 순간, 말하자면 주인공이 죽음을 맞게 되는 순간 같은 절정의 장면에 사용되었던 소품들이다. 가위, 칼, 브래지어, 넥타이, 반지, 뱀 모양의 팔지, 한국제품인 안경 등등……. 그 소품들 밑에는 어느 영화에서 사용되었다는 설명이 있어 내가 본 영화 중의 어떤 것들은 마치 낯익은 느낌마저 들었다.

그리고 어느 방에서는 그의 영화에 대한 설명과 결정적인 순간의 영화장면을 보여주고 있었다. 또한 소품들이 어떻게 이용되었는가를 자세히 보여주고 있었다. 그의 모든 영화, 예를 들어 〈The Birds〉 〈Young and Innocent〉 〈The man who knew too much〉 〈Topaz,' 'Blackmail〉 등이다. 그리고 또 다른 방에서는 그가 영향을 받은 화가들의 그림과 함께 영화 장면들의 사진이 걸려 있었다.

히치콕은 에드거 앨런 포의 영향을 받은 화가들의 그림을 좋아하였고, 자신도 그의 영향을 받았다는 설명도 있다. 아무튼 그 화가들, 말하자면 르동(Odilon Redon), 마르틴(Alberto Martin), 달리(Salvador Dali), 뭉크(Edvard Munch), 마그리트(René Magritte), 에른스트(Max Ernst) 등……. 물론 런던 대학에서 미술학을 전공한 히치콕이 이렇게 화가와 연관 지어 영화를 만들었다는 것이 어떻게 보면 당연한 일이라고 생각할 수도 있다.

확실히 화가의 그림과 영화의 장면을 나란히 걸어 놓은 것을 보면서 그 두 개의 장면이 너무 똑같기에 그림을 영화로 만들었다는 생각이 든다. 시를 영화로 만드는 감독도 있고 소설을 영화로 만드는 감독이 있듯이. 말하자면 우리가 잘 아는 〈새(The Birds)〉의 방으로 가면, 가로 세로로 쳐 놓은 줄에 새들이 까맣게 앉아 있다. 영화에서의 이 장면의 사진과 나란히 르네 마그리트의 〈마의 하늘(Le ciel meurtrier)〉이라는 그림이 걸려 있다. 히치콕은 이 작품에서 영향을 받았다기보다는 그림 그대로 〈새〉의 어떤 장면들을 재현하고 있었다.

그리고 그 옆에는 죠르쥬 브라크의 〈검은 새(Les oiseaux noirs)〉가 걸려 있었다. 그런 그림과 영화의 장면은 마치 그림을 그대로 옮겨 놓았거나 그림을 재해석한 것 같았다. 막스 에른스트의 〈키메라〉, 그리고 달리의 작품 등……. 이렇게 히치콕과 화가와 연관 지어 꾸며 놓은 각각의 방을 보면서 히치콕은 하나의 영화를 만들기 위해서 그가 읽은 책, 본 그림, 들은 음악이 많았다는 것도 알 수 있었다. 어느 예술가가 자신의 작품을 만들면서 고민하고 괴로워하고 노력하지 않았을까만 그도 역시 많이 노력하였고, 생각하였다는 것을 알 수 있었다.

4시간 정도의 시간을 돌면서 그의 영화 인생, 영화의 결정적인 장면 등을 다시 보는 것도 좋았다. 그렇지만 나로서는 그곳에 걸려 있는 그림들 외에 많은 초현실주의 화가들의 그림이나 사진들을 전시해 놓은 또 다른 방에서 명작을 감상할 수 있어 더없이 좋았다.

컴컴한 방에 놓여 있는 소품들을 보고, 그가 만든 영화들의 하이라이트 장면을 연속적으로 보여주는 방들을 지났다. 그의 전 생애를 통해 길이 기억되기를 바라는 사진들로 채워진 방을 지나는 동안 한 사람이 자기 생을 통과하면서 참으로 많은 일을 한다는 것에 가슴이 요동쳤다. 마치 굶주린 사람이 그의 앞에 놓여 있는 음식을 게걸스럽게 먹어 치우듯 그는 그의 앞에 놓여 있을 일거리, 아니면 두 발로 뛰어서 찾아낸 일거리들을 게걸스럽고도 적극적인 욕구로 만들어낸 것 같았다.

전시실을 나와 사람들이 바글거리는 광장에 섰다. 그 광장에는 거리의 화가들이 줄지어 앉아 있고, 그들은 누군가를 회색 하늘을 배경 삼아 열심히 그리고 있었다. 옛날 초상화를 그리듯 세필로 꼼꼼히 그리는 화가, 익살스러운 케리케츄어로 그리는 화가, 모델을 비스듬히 앉혀 놓고 실루엣으로 그리는 화가, 손끝으로 슬슬 문질러 화면을 정리하고 가장자리를 강조하는 식의 파스텔 초상화를 그리는 화가, 무슨 방식인지는 모르겠으나 마치 사진을 찍어 놓은 것처럼 그리는 화가, 연습생처럼 그저 그렇게 마치 누구나 그릴 수 있을 것 같은 그런 필체로 쉽게 그리는 화가 등등…….

사람들은 각자 자신의 기호에 맞는 곳으로 가서 앉아 있고 나도 다른 사람들처럼 그런 초상화를 그리는 모습을 물끄러미 서서 바라보았다. 대개 거기에 앉아있는 사람들은 외국인들이었다. 아마 파리에 온 김에 기념으로 그리는 것이리라. 그리고 보니 나는 여러 번 파리에 왔어도 한 장도 내 초상화를 그린 적이 없다는 생각을 하고 있을 때, 누가 옆에서 내 귀에다 대고 "아리가도 아리가도."라고 한다. 돌아보니 나를 일본인인 줄 알고 초상화를 그리라는 것이다. 난 고개를 가로저으며 발길을 돌렸다.

　다시 흐려지는 하늘에서는 늘 그렇듯 오락가락 비를 뿌린다. 뿌리는 비가 이방인의 얼굴을 적신다. 마치 흐느낌처럼.

어느 칠흑의 밤에

"산다는 게 다 그런 거야."라고 말하면 너무 한심한가. 안개 자욱한 시간 속에서 돌부리에 차이고 넘어지며 소리도 지르지 못한 서늘한 공간 속, 면벽의 시간을 지나오면서 메아리 없는 절규는 하늘을 향해 퍼진다. 구만리 장천 그 아득한 곳에.

한잔 술이 답답한 내 가슴을 잠재우는 것도 아니련만 헛발질의 행로에서 방어도 못 한 채 좌충우돌 부딪치고, 맞고 아프다고 말할 수도 없는, 뼛속까지 들어간 멍든 상처를 어루만져주는 한 잔 술도 아니련만, 질척거리는 길 위로 뒤뚱뒤뚱 오리걸음을 걷는 내가 싫어서 마셔야 했다. 떠들어야 했다. 차라리 스치는 바람이어야 했다. 정신을 놓아버리는 진공의 상태로 들어가야 했다. 한 잔 술로.

잘 포장되지 않은 골목길이 흔들리고, 다리 힘은 빠져 후들거리고, 가는 곳마다 길은 막혀 있고, 갈팡질팡하다가 코를 땅에 박고 넘어졌다. 앞니가 몽땅 빠졌다. 사라진 이빨 사이로 바람이 새고 혀가 난무한다. 한순간에 모든 것을 빼앗긴 허전함, 피범벅이 된 얼굴, 고들빼기 맛 같은 웃음, 허허실실 길바닥에 뭉텅뭉텅 쏟으며 걸었다.

농약 먹은 참새의 날갯짓으로 춤을 추었다. 별 없는 밤하늘을 보며 늙은 호랑이의 포효로 부르짖었다. 지나가는 사람 하나 없이 사방은 적막하였다. 피는 입에서 목으로 흘렀다. 이 모습 틀림없이 드라큘라의 모습이다. 나의 지난날들을 그려준 사실화이다. 결국 이런 것이구나. 결국 뜯기고 뽑히는 것이구나. 내 한살이는 정녕 기괴한 그림이었구나.

내 마음속에 있어야 할 사람 아무도 없는 세상이다. 또 하나의 벽이 쌓였다. 지구를 한 바퀴 도는 벽을 쌓았다. 더 든든한 벽 속에 나를 잘 가두었다.

다음날 치과에 갔다. 드릴로 뼈를 깎는 소리 아득히 들릴 때 내 자아를 갈취하는 죽음을 만났다. 통곡소리가 들렸다. 터널을 지날 때의 긴 어둠 같은 시간의 늪 속에 버리고 싶었던 내 생은 희망대로 미라가 되어가고 있었다. 30만 년짜리 미라는 최초의 직립인간 같은 걸음걸이로 걸었다. 턱주가리를 앞으로 쑥 내밀고 굽은 등으로 걸었다. 실오라기처럼 보이는 길로, 혹은 얼음처럼 차가운 길로 나는 갔다.

낙엽소리조차 들리지 않는 적요한 길을 걸었다. 마치 기압이 낮은 높은 산을 걸을 때처럼 둥둥 떠서 걸었다. 어지러웠다. 하늘도 빙빙 돌았다. 드디어 높은 벽 속에 갇혔다. 사방은 뿌연 회색뿐이다. 그리고 해를 아귀아귀 먹어치운 칠흑이 산지사방에서 달려와 나를 덮쳤다. 밤이 지배하는 사막에 해는 뜨지 않았다.

구만리 먼 하늘에서 별들은 또 내 일기를 숨김없이 다 써 놓았다.

엄마의 그림자

어느 날 나는 해지는 모습을 43번이나 보았어. 몹시 슬플 때에는 해지는 모습을 좋아하게 돼.

－『어린 왕자』

오늘은 돌아가신 엄마의 생일이다. 강화로 달려갔다. 엄마와 강화는 아무 상관이 없다. 그런데 왠지 강화로 가고 싶었다.

동막 개펄에서 황혼을 본다. 붉은 개펄을 본다. 개펄은 황혼이다. 붉게 물든 눈으로 바라본다. 나는 본다. 이윽고 황혼은 그림자를 드리운다. 개펄은 황혼의 그림자이다. 난 그림자 안에 서 있다. 나도 황혼의 그림자 되어 그저 그렇게 서 있다.

그리고 개펄을 걷는다. 드디어 어두워진다. 내가 향하는 곳이 어딘지 모르고 발이 가자는 데로 흘러흘러 가다 멈춘 곳이 술집 앞이다. 한잔 술로 목을 축인다. 황혼을 타서 마신다. 그림자를 마신다. 취기가 온몸에 퍼진다. 나른하고 모두가 동화 속 그림처럼 오래전 일도 지금의 일도 아련하다.

다시 거리로 나와 걷는다. 네온 빛이 설쳐대는 큰길을 벗어난다. 별 그림자 기웃거리는 골목으로 들어선다. 씁쓸한 밤공기가 얼굴을 핥는다. 쓴 내음 속으로 헤엄치듯 빠져든다. 무슨 맛일까. 낯이 익은 냄새다. 한참을 킁킁거리다 알아냈다. 아아, 씀바귀 맛이다. 씁쓰레한 감칠맛 때문에 어쩌다 한 번쯤 먹으면 입맛 돋운다고 우리 엄마가 늘 그랬다.

하지만 난 그 맛을 좋아하지 않는다. 그 냄새다. 그래, 바로 그 냄새가 난다. 향기로운 우리 엄마 냄새다. 향내가 내게로 들어온다. 향내를 먹는다. 핏줄을 타고 씁쌀한 향기가 퍼진다. 맑은 물에 떨어뜨린 한 방울의 잉크처럼 가늘고 길게 퍼져 흐른다. 온몸 구석구석 찾아가는 향기. 그 향기에 취하여 흔들흔들 걷는다. 노곤해진다.

머리를 뒤로 젖히고 하늘을 본다. 까만 그림자를 밟고 서서 하늘을 본다. 별이 웃는다. 다정하게 웃는다. 별이 가까이 따라오고 있었나 보다. 왜 따라왔을까. 웃음소리가 들린다. 까르르 까르르. 귀에 익은 소리다. 본 듯한 웃음이다. 까마득하게 먼 기억 속 어디쯤에서 찾을 수 있는 별일까?

누굴까? 아, 이제야 생각난다. 맞아! 내가 어렸을 적, 아주 어렸을 적에 까마중(까마종이)이라고 이름 붙여준 별이다. 여름, 마당 한 귀퉁이에 쑥불 피워 놓고, 매캐한 연기 맡으며, 멍석 위에서 엄마 다리 베고 누워 바라보던 별, 바로 그 별이 나를 보고 웃는다. 그 별을 까마중이라고 부르고 싶다고 했더니 엄마는 그건 내 별이니까 내 마음대로 하라고 그랬다. 그래서 나는 그 별을 까마중이라고 불렀다.

가을이 되어 더 이상 멍석에 눕지 못할 때까지 까마중이라고 불렀다. 아침, 잠자리에서 일어나, 부스스 일어나 마당 한쪽에 있는 텃밭으로 간다. 여름풀이 자라 있는 수수깡 울타리 밑, 풀잎 이슬에 젖으며 장딴지 긁히며 풀섶 헤쳐 찾아 따먹던 까마중. 이슬로 깨끗이 목욕한 까마중. 앞니로 톡톡 터뜨리며 따먹던 까마중. 난 아침마다 까마중을 따 먹었다.

아침 이슬을 머금은 까마중이 햇빛을 받아 반짝반짝 빛날 때처럼 작고 동그랗고 깨끗해서 그렇게 이름 붙여준 내 별. 아주 오래전부터 저 별은 나에게 있어 까마중이다. 하얀 까마중! 그 까마중이 나를 보고 웃는다. 나는 너를 매일 보지 않았는데 너는 나를 보고 웃는구나. 반갑게 웃는구나. 나를 아직 잊지 않고 있었구나. 나를 언제나 보고 있었구나.

어렸을 때 그랬던 것처럼 제자리에서 맴맴 돈다. 두 팔 벌려 맴맴 돈다. 까마중도 따라 돈다. 우리는 같이 돈다. 빙글빙글 숨이 넘어가도록 까르르 까르르 웃으면서.

그런데 까마중아, 자꾸자꾸 고이는 이 씀바귀 같은 눈물을 어떻게 할까? 내 손 한 움큼 눈물을 받아 비추어보면 우리 엄마 얼굴 그림자로 비칠까?

은행잎 떨어지던 날

늦가을이네요. 은행잎이 뚝뚝 떨어지네요. 눈물로 뚝뚝 떨어지네요. 한 시절 푸르던 영화가 아쉬웠을까요. 눈물로 뚝뚝 떨어져요. 삶이 떨어져요. 이렇게 우르르 우르르 삶이 한꺼번에 떨어진다는 걸 왜 난 몰랐는지요. 어렴풋이 정말 어렴풋이 지금은 알 것도 같은데, 그것도 아마 말로만 알 것 같은 것인지 모르죠. 한 생에서 인간이 뭘 그리 많이 알겠어요. 아는 척하는 거겠죠. 안다고 그렇게 믿고 있는 것이겠죠. 모든 걸 알고 난 후에도 여전히 살아 있는 사람이 어디 있을까요.

내가 사랑하는, 사랑이라는 낱말로 표현하는 것조차 적당하지 않은, 그 이상의 말이 생각나지 않아서, 어쩔 수 없이 사랑이라는 단어로 표현할 수밖에 없는, 내가 사랑하는 분과의 이별을 앞에 놓고 "나 여기 서 있어요. 정말 아프다. 뼛속까지 아프다."라고 밖에는 표현할 수 없는 말을 되뇌어 봅니다. 서러운 단어, 이별이란 말을, 마음속에서 눈물 떨어지는 소리가 뚝뚝 들리게 하는 이 말을 곱씹어 봅니다.

내가 얼마나 좋아하고 존경했던 분인데……. 기대 속에서, 미래를 향해 내달리기만 하는 나를 드러나지 않는 은밀한 몸짓으로 감싸 안아 주고, 내 손 잡아 이끌어 주며 반듯한 길로 말없이 인도해 주시던 분이었어요. 그분이 간대요. 이제, 이 세상 살아 있을 날이 얼마 남지 않았대요. 삶을 사랑하고 사는 법을 알았던 분, 한때 내가 애써 닮으려고 했던 분. 살아오면서 난 누구를 위한 기도를 얼마나 올렸던가요. 이제야 지난날이 어렴풋이 보여, 내 삭신 쑤셔 욱신욱신 쑤셔서 운신을 못 하겠어요.

삶으로부터의 탈출 욕망을 지근지근 밟으며, 내가 만들어 놓은 올가미에 나를 가두고 속 빈 강정이 되면서 죽을 힘을 다해 긴장의 끈을 움켜잡았어요. 그런 삶은 옳지 않다는 그분의 말을 뒤집으려는 듯이, 살면 살수록 그렇게 산다는 것이 정말 허망한 것임을 어렴풋이 알면서도 나를 속이면서 거미줄에 매달려 지냈지요.

나는 거미줄 위에서 춤추는 어릿광대 노릇을 그토록 열심히 하지 말았어야 했어요. 나의 내면으로 들어가 거기서 내가 살아온 시간만큼 쌓인 질곡을 알아차려야 했어요. 내가 붙들고 늘어진 거미줄의 허망함을 간파해야만 했어요. 그분이 알려주는 길로 가야 했어요. 세월이 가면 갈수록 내 존재의 범위는 점점 좁아졌고 그 안에서 권태와 좌절을 벗하면서, 내려가는 미끄럼틀만 타고 있었죠. 그것은 그 당시에는 신나는 놀이였다는 듯이 이별을 예감하고 슬픔을 줄일 수 있는 방법을 생각해 두지 않았어요. 그리고 지금 이렇게 은행잎 같은 눈물을 뚝뚝 떨어뜨리고 있네요.

한 세대가 가고 또 한 세대가 오고, 사슬로 이어지면서 반복되어 지금 우리 세대가 가기 위해서 그런 이별을 하나씩 하는 건데……. 난 여전히 그런 것을 인정하지 못하고 있네요. 버리고 그냥 그렇게 떠나는 거라는 것을.

나 한 세상을 남들처럼 건너가면서 춤추고 웃으며 건너가면서 웃음 뒤에 감춰진 우리들의 서글픈 사랑 때문에 몸부림쳐요. '너'와 '나', '우리' 사이에서 슬몃슬몃 야위어가는 사랑, 서로를 간절히 그리워하는 시간 점점 짧아지고, 서로를 깜빡깜빡 잊고, 서로 미워하고, 미워하던 마음까지도 때때로 잊고, 잊는 시간이 길어지고, 서로 하나씩 놓아주고, 서로 하나씩 잃으면서, 놓침이라고 이름 붙일 수밖에 없는 이별, 잃음이라는 이별, 잊음이라는 이별, 정들여 놓은 살집이 사는 동안 조금씩 조금씩 눈물로 뚝뚝 떨어져 나가는 아픔, 살점 다 떨어지고 바람 맞으며 혼자 서 있는 뼈의 혼절, 마음속의 뜨거움 다 어디론가 흩어져버리고 냉랭한 바람만 불어 나무도 풀숲도 없는 이 마음엔 깃들일 새조차 오지 않는 외로운 섬, 태양은 한 번도 떠오른 적이 없는 듯 어두컴컴한 황량함, 이렇게 정신도 육체도 야금야금 좀먹어가는 걸 보면서 오늘 그분을 마음에 새기며 술을 마십니다.

프랑스 혁명을 지도하였던 정치가이며 헌법 이론가인 E. J. 시에예스(Emmanuel Joseph Siéyès, 1748~1836) 신부는 "취하거나 미쳐버려야만 잘 알려진 언어로 말할 수 있다."고 하였습니다. 중언부언해야 하기 때문에 나는 술을 마십니다. 우리 많은 것을 잃었다는 사실을 잊기 위한 술을 말입니다.

이제 이 세상을 떠날 그분을 생각하며 나는 그에게 연민을 느껴요. 그러나 내가 그분을 불쌍하게 여길 필요는 없겠죠. 그분은 나를 위해 내가 알아듣지도 못하는 몸짓을 하지 않아도 되고, 내 손 잡지 않아도 되며, 죽음과 더불어 모든 문제가 끝나게 될 수 있을 테니까요.

이렇게 영영 만나지 못할 이별을, 나날이 조금씩 헤어지는 잔인한 이별을 하나씩 하나씩 쌓고, 그 이별의 무게가 무거워 더 이상 감내하기 어려울 때쯤이면 나에게 분배된 이 한 토막의 시간도 마감하고 영영 떠나겠지요. 방금 떨어진 저 은행잎이 한숨 돌리고 나서 내일 어딘지 모를 곳으로 영영 떠나가듯이, 삶의 향기를 은은한 몸짓으로 전해주던 그분이 떠나가듯이 말입니다.

'우리'가 흘러흘러 저 광대무변한 우주로 가면 그 자궁 속에서 거듭 태어난다죠. 그때 무엇으로 태어나든 '우리' 그냥 스쳐 지나가는 인연이기로 해요. 아니, 영영 같은 세대엔 태어나지 않는 사이이기로 해요. 말을 듣지 않는 내가 더 이상 되고 싶지 않아요. 다른 저 세상에서, 정말이지 다른 저 세상에서 또 그런 분을 만나야 한다면 나 어디에도 이르고 싶지 않아요. 차라리 이 세상 빛이 모두 사라지는 날까지 삼도내에서 허우적거리고 싶어요. 거기서 시퍼런 그리움을 소리 지르고 싶어요. 그냥 말없이 떨어지는 한 무더기 은행잎이고 싶어요.

아! 취한 김에 졸리네요. 잊기 위한 잠인가요. 환한 웃음 웃을까요. 향기롭게. 나날의 이별을 위한 웃음 웃을까요. '너'와 '나'. 다시 태어나지 않기 위한 웃음 웃을까요. '우리'.

프랑스 박사과정의 이모저모

프랑스에서는 박사과정 입학이 우리와는 좀 다르다. 우선 입학을 하려면 자신이 원하는 대학과 자기 전공과 맞는 지도교수를 정한 뒤, 그 교수에게 모든 서류를 준비하여 입학허가 신청을 해야 한다. 그 교수는 학생의 약력, 논문의 프로젝트 등을 검토한 뒤 랑데부 날짜를 정해 편지를 보낸다. 최종 허락을 받기 위해서는 지정된 랑데부 날짜에 그 교수를 만나 연구실에서 1, 2시간 정도의 면담이 이루어진다. 면담에서는 박사과정을 수행하는 데 필요한 지식과 언어 능력이 어느 정도인가를 검토하게 된다.

담당 교수가 합당하다고 인정하면 서류에 입학허가 사인을 한다. 그것을 대학 교무과에 제출하면 그것이 곧 입학 수속이다. 문과대학의 경우 일정 기간 논문을 쓰게 되고 자주 랑데부가 이루어진다.

나의 경우는 그때 교수를 만나서 그동안 쓴 논문을 보여주고 그것에 대해 논의를 했다. 이때는 불지옥을 횡단하는 것 같은 진땀을 흘려야 하는 무겁고 무서운 경험을 하게 된다. 그런 일이 끔찍하지만 지도교수를 자주 만나는 것이 본인에게는 훨씬 유리하다. 왜냐하면 그들은 학생이 원하지 않으면 절대로 먼저 만나자고 하지 않기 때문이다. 그래서 10년 동안 허송세월을 보내는 경우도 많다. 그렇게 빠른 속도로 진행된다 하더라도 4, 5년 계속되며 논문이 완성 단계에 이르게 되면 지도교수가 논문발표(le soutenance) 날짜를 정해 준다.

이것은 문과대학 쪽의 이야기이다. 그리고 대학 게시판에 논문발표에 대한 공고를 붙인다. 그런데 광고물이 바로 없어진다. 박사과정에 있는 누군가가 훔쳐가는 것이다. 그것을 가져가면 다음에는 본인이 발표할 수 있게 된다는 속설이 있다. 결혼식장에서 신부의 부케를 받은 처녀가 다음에 바로 시집간다는 속설과 같은 맥락이다. 발표날짜를 받으면 논문을 요약해서 형식에 맞추어 써야 하는데 이쯤 되면 반쯤 미치게 된다.

내가 프랑스에 있을 때 어느 고등학교에서 불어를 가르치는 프랑스인 교사가 있었다. 그녀는 함께 강의도 듣고 우리 집에도 여러 번 왔다. 한국 음식도 함께 먹곤 할 정도로 아주 친했다. 그녀는 박사 1기 과정인 DEA 논문을 준비했는데 어찌나 긴장했는지 미칠 지경이었다고 했다. 그래서 몇 년 전에 이혼한 남편을 불러 그럴싸한 이유를 붙여 밤새도록 싸웠다고 한다.

그 다음 과정이 우리가 말하는 박사과정(doctorat)이다. 이처럼 발표날짜를 받으면 본인은 거의 발작 수준에 이른다. 논문발표날의 모습은 이공계나 문과 쪽이나 거의 같다.

이공계통은 매일 함께 실험을 해야 하고 매일 그날의 실험을 메모하고 논의를 한다. 나의 딸 지원이가 파리 7대학에서 학위를 받았는데, 이 경우를 예를 들어 말하면 더 이해하기가 쉽다. 아무튼 논문발표 날이 오면 심사위원들과 많은 관계자, 친구 등이 모두 모인다. 그리고 배당된 큰 salle에서 40, 50분 가량 자신의 논문 요약문을 발표한다.

발표가 끝나면 심사위원들의 질문이 시작되고 그걸 하나하나 대답한다. 그렇게 두 시간 반에서 3시간 정도 진행된다. 나는 우리 딸의 논문발표날에 그 자리에 있었는데, 목이 타서 물을 마셔가면서 대답하는 딸의 모습이 어찌나 안쓰러운지 계속 앉아 있을 수가 없었다. 아마 3번쯤 밖을 들락날락하였던 것 같다. 그래도 딸아이는 용케 그 긴 시간을 보냈다. 발표가 다 끝나자 지도교수와 심사위원들은 거기서 다른 회의실로 자리를 옮겨 15분에서 20분간 회의를 하였다. 대개 논문 심사위원은 지도교수 1명과 심사위원 3명인데 지원의 경우 지도교수 1명과 심사위원이 7명이었다.

그동안 넓은 강당에 쥐죽은 듯이 앉아 있던 사람들도 일어나서 그들끼리 방금 전에 발표한 논문에 관해 이야기들을 했다. 그런데 그 기다리는 시간이란 본인에게는 바로 천 년처럼 긴 시간이다. 심사위원들이 다시 들어오고 국립과학연구소(CNRS) 소장이 "당신이 무슨 제목으로 연구한 이 논문이 어떤 점수로 통과되었습니다."라고 발표를 한다. 그리고 임시 학위증을 수여한다. 정식 학위증은 1개월쯤 지난 후에 직접, 혹은 우편으로 받을 수 있다.

그 순간의 짧은 한 마디를 듣기 위해 몇 년간 옆도 뒤도 돌아볼 겨를 없이 미친 듯이 지내온 시간들이 주마등처럼 지나가면서 통과라는 말을 듣는 그 찰나의 기쁨. 그리고 그 다음에 오는 허탈감이란 이루 말할 수 없다. 너무나 무기력해져 그 자리에서 죽을 것 같은 기분이 들기도 한다. 그렇게 소장의 말이 끝남과 동시에 논문 발표 세레머니는 끝이 나고 지도교수가 제일 먼저 축하한다는 비주를 하고, 그 다음 그 다음 비주를 수없이 받게 된다. 이지원은 우리 식으로 하면 A급(très honorable)을 받았다.

다음에는 자리를 옮겨 먹고 마시는 fête가 시작되는데 이것을 pot라고 한다. 포는 항아리라는 뜻인데 술을 항아리로 마신다는 뜻에서 나온 말인 것 같다. 간단하게 요약한 프랑스식 박사과정 발표 날의 모습이다.

그날의 pot를 위해 엄마인 나는 50인분의 음식을 준비했다. 한국음식, 예를 들어서 김밥을 50개, 잡채, 전 등을 만들었고 프랑스식으로 또 몇 가지를 준비하였다. 그리고 음료는 샴페인 6병, 백포도주 20병, 적포도주 20병, 생수 20병, 콜라 10병, 주스 10병. 컵 접시 일체와 그 외 치즈, 과자 등을 자동차에 가득 싣고 1시까지 학교로 갔다. 음식은 준비된 다른 salle에 차려놓고, 무슨 반응이 그리 많은지 알아들을 수도 없는 화학용어들로 질문하고 발표하는 논문발표장으로 갔다.

2시 30분에 시작된 논문발표가 끝난 것은 거의 6시가 되었다. 많은 사람은 배고플 시간이라 예상대로 준비한 모든 음식은 정신없이 거덜났다. 아마 옛날 우리나라 서당에서 한 아이가 책을 한 권 떼면 책거리라고 했던가? 그 한 아이를 축하하기 위해 동네에 떡을 해서 돌리고 동네잔치를 하던 풍습이 있었다. 이렇게 음식을 준비하면서 줄곧 난 책씻이를 생각했다.

그날, 2003년 1월 14일은 지원이의 날이다. 50명이나 되는 사람이 스페인이나 벨기에에서, 혹은 독일에서 와서 축하를 해주었고 많은 교수가 참석했다. 샴페인 한 잔만 마시고 금방 간다고 소문난 CNRS의 소장도 끝까지 있어 주어 많은 사람이 깜짝 놀랐다. 서로 즐거워하면서 이제 화학의 진정한 동반자를 만났다고 기뻐하면서 모두 먹고 마시는 유쾌한 시간이었다.

헌팅턴 라이브러리

헌팅턴 라이브러리는 미국 캘리포니아 주 로스앤젤레스 부근의 샌마리노에 있다. 헨리 에드워즈 헌팅턴이 69세 되던 해인 1919년 그의 모든 재산을 비영리 교육신탁에 위탁함으로써 설립된 도서관과 문화시설이다.

그 당시 로스앤젤레스 지역에 해마다 2, 3배의 인구가 증가해 철도와 부동산업이 호황을 누리게 되었다. 당시의 철도사업과 부동산 재벌로 엄청난 부를 축적한 사업가인 헌팅턴은 20세기 초부터 책을 수집하기 시작하였다. 주로 영국과 미국의 희귀본들과 필사본들은 물론 인쇄술 초기의 간행물들, 말하자면 미국의 역사·지리에 관한 문헌이 소장되어 있던 E. 드와이트 교회 도서관의 소장품 전체와 월버포스 임스가 소장하고 있던 미국 초기 인쇄물 1만 2천 점을 사들였다.

그리고 차츰 그림 등 다른 부분에도 손을 펼쳐 토머스 게인즈버러, 조슈아 레이놀즈 경, 토머스 로렌스 경, 조지 롬니 등 유명한 영국의 화가들이 그린 초상화와 풍경화도 소장하게 되었다. 이런 각종 예술품을 산마리노 자신의 목장에 전시하면서 당시 유명한 건축가였던 마이론 헌트와 손잡고 현재의 훌륭한 아트갤러리를 짓게 되었다. 이러한 문화재들이 소장된 도서관과 저택은 미국 공공의 영세(永世) 재산으로 양도되었고, 후에 8백만 달러의 신탁기금을 증액하여 연구·출판을 위해 조성되었다.

이렇게 2대에 걸친 철도사업으로 축적한 재산을 사회에 환원한 종합 박물관이다. 헌팅턴 라이브러리는 국보급 유물과 유명인의 친필 원고, 수많은 희귀한 서적 외에도 관광객은 물론 전문가들도 감탄할 만큼 잘 가꾸어 놓은 부속 식물원이 있다. 선인장만을 모아 놓은 사막식물원(Desert Garden)과 모든 종류의 장미를 모아 놓은 장미원(Rose Garden), 이국적인 멋을 더해주는 일본정원 등이 유명하다.

에인절스내셔널 산맥 기슭 아래 전체 면적이 207에이커 중 130에이커를 차지하고 있는 이 정원에는 전 세계에서 수집한 1만 4천여 종의 희귀 선인장과 다육식물, 지중해에서 자라는 식물 등 다른 곳에서는 쉽게 볼 수 없는 식물들이 식재돼 있다.

그중 3에이커에 달하는 장미원에는 2천 년의 장미 역사를 한눈에 보여주며 1천5백 여 종의 장미 4천 여 그루 이상이 자라고 있다. 그 옆 일본 정원에는 일본풍의 건축양식과 어우러진 동백나무숲이 우거져 있어 언덕을 따라 걸으면서 편안한 느낌을 받게 된다. 이 밖에도 아열대식물의 정글가든, 오스트레일리아의 대규모 야자수 등 오솔길을 따라 산책하다 보면 유럽 초기의 르네상스 조각품들도 만날 수 있다.

자자손손 잘 먹고 잘 살게 하려고 억지로 부를 축적하는 사람이 있는가 하면 많은 재산을 모아 사회에 환원한 의로운 이도 있다. 먼 극동의 한 여인으로 하여금 나무 그늘 아래서 잠시 휴식을 취할 수 있도록 한 고마운 이를 기억해야 한다. 개인 재산의 사회 환원이 얼마나 귀중한가를.

이러한 선행은 수많은 후손에게 사회에 대한 봉사란 무엇인지, 문화란 무엇인지, 예술이란 무엇인지를 생각하게 한다. 개인 재산으로 많은 사람이 즐거움을 느낄 수 있는 시간과 공간을 제공한다는 것이 얼마나 귀중한 것인지를 생각하게 하는 그는 참으로 위대하다는 생각이 든다. 한 번도 보지 못한 그에 대한 존경심마저 이는 것은 나만의 감상일까.

환상의 시밀란

태국 푸켓 공항에서 자동차로 1시간 정도 가면 카오락이라는 곳이 있다. 그곳은 작년부터 개발되기 시작한 휴양지로 사실 여행을 목적으로 삼고 가기엔 아직 시기상조라 할 수 있겠다. 그러나 열대성의 아름다운 풍경과 해양 스포츠의 낙원으로, 팡아 만과 피피 섬, 시밀란 섬 등을 꼽을 수 있다. 한적하고 여유로움을 만끽할 수 있는 해변 휴양지로는 카오락 지역을 뺄 수 없다.

카오락 시비우 리조트의 시설은 지어진 지 얼마 되지 않아 깨끗하긴 하지만 그렇다고 탄성이 나올 정도로 좋은 곳은 아니다. 그렇지만 주변은 무척 조용하고 한적하다. 독일계 사람들이 많이 와 있으며 한국 사람은 우리 일행을 제외하고는 아무도 없었다. 지금까지 다녀간 한국인들은 손을 꼽을 정도라 한다. 본격적인 관광지 개발은 되지 않은 곳이라 푸켓처럼 번화한 도시는 아니지만 우리처럼 휴식을 목적으로 간 사람들에게는 더없이 좋은 곳이라 생각된다.

게다가 카오락 지역에서는 가까이에 카오속 국립공원이 있다. 카오속 국립공원에서 코끼리 트레킹을 하기도 했다. 산에서 내려오는 계곡 물이 카오속 강을 이루는데 물길을 따라 1시간여 카누를 타고 정글을 탐험하기도 했다. 또한 영화 007시리즈 3편의 무대이기도 한 팡아 만의 핀간 섬에는 수상가옥들이 있다. 그곳에는 주로 이슬람들이 산다. 배를 타고 달리면서 보는 아름다운 섬들. 변화무쌍한 해안선과 석회암 절벽, 숲이 우거진 언덕을 보면서 감탄을 자아내기도 했다. 시원하게 바다를 가르며 달리는 이런 여행은 하루 잠깐의 구경거리이기에 그리 피곤한 줄을 몰랐다.

무엇보다도 잊을 수 없는 것은 역시 태국의 국립공원 중 하나인 시밀란 섬을 갈 수 있었다는 것이다. 9개의 섬으로 이루어진 무꺼 시밀란 국립공원(Mu Ko Similan National Park)은 면적이 130평방미터라고 한다. 쾌속정을 타고 카오락에서 1시간 정도를 달려간 곳, 시밀란 군도에서 나는 정말 잊을 수 없는 경험을 하였다. 물론 코끼리를 탄다든가 카누를 타는 일도 처음이긴 하지만, 바다 가운데에서 해면에 엎드려 바닷속을 구경하는 일이란 꿈에도 상상해보지 못한 일이었기 때문이다. 게다가 나는 언제인가부터 수영도 하지 않았다. 수심 5, 6미터 되는 바다 위에 뜬다는 것도 상상할 수 없지만 거기 엎드려 바닷속을 보는 일이라니…….

안내원은 염도가 35퍼센트 정도이니까 우리나라 바닷물에 비해 소금기가 배 정도나 된다고 했다. 그래서 가라앉을 염려 없으니 두려워하지 말고 뛰어내리라고 했다. 용기를 내어 뛰어내렸다. 그렇게 유연하게 내가 바다 위에 뜰 수 있다는 것이 신기하기만 했다. 게다가 바닷속 그곳에는 각양각색의 산호들이 있었다. 내가 본 산호들은 검은색이었고 가장자리에는 흰 테를 두르고 있어 그 아름다움이란 이루 형용할 수가 없었다.

내가 마치 무지개 위에 올라 있는 느낌이었다. 무슨 해초들이 너울거리고 그 사이로 난 오솔길로 각종 물고기가 아주 자유롭게 헤엄쳐 다니고 있었다. 여기저기 흘러다니며 바닷속의 이런저런 풍경을 볼 때 이미 그 시간은 나의 일상적인 삶에서 제외되어 있었다. 미치도록 아름다운 바닷속 구경에 푹 빠져 어떤 생각도, 아무 잡념도 가질 수 없었다.

유유히 헤엄쳐 다니는 물고기들처럼 나도 그렇게 떠다녔다. 저 수면 위에서 자기네들을 염탐하고 있는 사람들이 있다는 걸 짐작도 못 하고 다니는 물고기들의 마음을 알 것도 같다.

시밀란 섬의 모래사장은 우리가 아는 그런 것이 아니다. 마치 하얀 밀가루처럼 입자가 고운 걸로 보아 아마 조개껍데기라든가, 산호 퇴적물 같은 것이리라.

바다에 갔다가 잊을 수 없는 색다른 경험을 하고 숙소로 돌아와

3부
237

서 곧바로 바닷가로 달려가 따뜻한 바닷물 속에 하염없이 앉아 있었다. 마치 해수탕에 앉아 있듯이. 해가 저물면서 해수면 온도가 조금씩 내려가고 몸이 서늘해짐을 느껴 슬슬 숙소로 돌아왔다. 저무는 해를 보면서 평화로운 저녁식사를 하였다.

태풍이 없는 나라, 언제나 더운 나라, 추운 것이 싫은 나로서는 너무나 좋은 나라, 까맣고 큰 선한 눈을 가진 사람들의 나라, 항상 미소를 지으며 사는 사람들의 나라, 한 번도 다른 나라의 지배를 받은 적이 없는 나라, 나무가 물을 잉태하는 나라, 내가 거기서 얼마간은 살고 싶은 나라. 태국.

먼 데서 오는 여인

그는 아침에 집을 나섰다. 걷고 걸었다. 반나절도 더 걸어 닿은 그곳은 한 그루 느티나무가 있는 마을이었다. 그가 거기까지 가는 동안 그날따라 구름 한 점 없이 뜨거웠다. 명주실 같은 햇살이 내려 퍼지는 길이었다. 자질구레한 것들을 잘 잊는 그는 물병을 챙겨 놓고도 들고 나서지 못했다. 반나절 길을 걸으면서 목이 말라 자주 후회를 했지만 집으로 되돌아가지는 않았다. 차라리 느티나무 아래로 빨리 가는 게 낫다고 생각했기 때문이다.

느티나무는 한 자리에서 4백 년을 살았고 그도 이곳에서 40년을 살았다. 그가 나무를 발견한 것은 2년 전이다. 그는 나무가 거기 있다는 사실을 몰랐다. 몰랐다기보다는 관심이 없었다. 그래서 나무를 한 번도 본 일이 없다고 생각했다. 그는 느티나무가 있는 반대쪽 길로 다니거나 아니면 항상 집에 있었기 때문이다.

그는 별로 사교성이 없다. 그의 좁다란 어깨는 늘어져 있다. 그 좁은 어깨로 끌고 온 긴 세월 때문에 허리는 구부정하다. 길을 걸을 때도 땅만 보며 걷는다. 노상 쿨룩쿨룩 천식기 섞인 기침을 하며 검은빛이 감도는 그의 얼굴은 한눈에 봐도 고독에 단련된 듯한 모습이다. 그는 나무를 보고 첫눈에 반했고, 금방 나무와 친해졌다. 그래서 일주일에 한두 번쯤 반나절을 걸어 나무를 만나러 간다.

나무 앞에 가면 자기 주변에서 일어난 이야기, 말하자면 신문에서 보았거나 오며가며 드문드문 들었던 이야기를 나무에게 들려준다. 그런 정도의 이야기들은 나무도 들어서 알 수 있는 것들이지만 잡다한 이야기는 숨을 돌리기 위해 가끔 아주 가끔 할 뿐이다. 그는 불확실한 것에 대해 말하는 것을 좋아하지 않는다.

그는 자신이 읽은 책에 대해 말하기를 좋아한다. 그것은 확실한 기정사실이라는 분명함이 있어 좋고, 그 책이 자신의 생각을 대변해주는 것 같아서 좋다. 그런 얘기를 할 때면 시간 가는 줄을 모른다. 물 마시는 일도 잊는다. 그러나 드문 일이지만 자기 자신에 대해 말할 때도 있다. 그럴 때면 언제나 과거, 그것도 먼 과거에 대해 말한다.

오늘은 어찌 된 일인지 누구에게도 말하지 않은 이야기를 들려준다. 낙하산을 타고 고공에서 내려오듯 수직으로 내려가 깊이깊이 묻혀 있는 먼 과거를 펼쳐 보인다. 스무 살 젊었을 적의 사랑 이야기를 꺼내 들려주었다.

　내 나이 스물, 그때 내 나이의 곱이나 되는 서른여덟 살의 한 여인을 사랑했지. 그 여인을 사랑하는 것은 나의 숙명이라 여겼고, 이 세상에서 사라지는 날까지 난 그 여인만을 사랑하게 될 운명이라고 생각했어. 나는 그녀를 사랑하지 않고는 견딜 수가 없었거든. 그 여인에게서는 언제나 꽃향기가 풍겼어. 난 그 여인과 더불어 내가 상상했던 모든 사랑을 했지. 우리의 사랑은 절대로 추락할 수 없는 아름답고도 격정적인 것이었어.
　웬일인지 어느 날 그 여인은 떠나갔어. 아주 멀리. 한방의 총소리처럼 큰 타격으로 급하게. 그리고 내 청춘은 산산이 조각나버린 거야. 내 사랑의 샘은 마르고……. 20년 후 내가 그녀의 나이를 지나면서 그 당시 그녀를 엄습하던 고통이 무엇인지 알게 되었지.

– 파트릭 모디아노, 『잃어버린 거리』

　석양빛은 사선으로 달려와 그의 옆얼굴을 비춘다. 나무는 그의 아픔을 덜어 주려고 무던히 애를 쓴다. 때로는 나뭇잎을 흔들면서 시원한 바람을 주기도 하고 그 노을에 비쳐 시린 눈을 쉬게도 해 준다. 너무 많이 와 버린 지금이지만 이제야 여기서 그 여인과 함께했던 날들의 의미를 반추하며 그 여인을 부르는 것이다. 절망의 벼랑으로 내몰려 더 이상 숨도 쉴 수 없는 삶의 연속, 그 젊은 날 가슴

저리던 상흔이 지워지고 지워져 그 흔적조차 찾아내기 어려워진 이제야 담담한 어조로 부르는 것이다,

차마 떠나지 못해 그의 공허했던 시간의 변두리에서 언제나 서성이던 그녀를. 나무는 그가 부르는 여인이 땀 흘리지 않고 달려올 수 있게 그 길 위로 시원한 그늘과 바람을 선사한다. 그리하여 그 여인은 종종걸음으로 그 먼 곳에서 다가오고 오늘 그는 그녀와 다시 손잡고 이 세상 끝 어디론가 떠난다. 느티나무로 만든 유람선을 타고 이 세상의 바다를 떠돈다. 영원이고 싶은 이 순간.

플로베르를 따라서

　루앙(Rouen)은 파리 북서쪽으로 약 120킬로미터 떨어진 오트노르망디 지역의 중심지이다. 생마리팀 주의 주청 소재지로서 센 강이 도시 중앙을 흐른다. 시내는 파리처럼 센 강을 기준으로 강 오른쪽의 구시가지와 강 왼쪽의 신시가지로 나뉜다. 강 왼쪽 지역은 제2차 세계대전 당시 거의 파괴되었으나, 대부분 복구 확장되었지만 총탄 흔적이 아직도 뚜렷하게 남은 건물들이 많다.

　인천처럼 바다를 넓혀가는 정도로 바다와 가깝지는 않지만 원양선도 입항할 수 있는 주요한 항구이다. 그 때문에 해마다 세계선박축제가 열리기도 한다. 또한 공업도시로서 면직물공업의 중심지이고, 프랑스가 소비하는 종이의 대부분을 공급할 정도로 제지공업이 발달했다. 그 밖에 화학공업, 철강공업, 기계공업, 자동차공업, 항공산업 등이 발달해 있다.

사철 풀이 자라 낙농업이 발달한 치즈의 고장이기도 하다. 그래서 프랑스에서 가장 GNP가 높다는 루앙, 나는 프랑스 유학시절을 여기서 보냈다.

이곳에는 잔 다르크가 화형을 당한 역사적인 장소여서, 검은 배를 엎어놓은 모양의 잔다르크 교회가 있다. 모네의 그림으로 유명한 루앙 대성당이 있는 곳이다. 루앙 대성당은 1063년 세워졌으나 초기 고딕양식 위에 여러 번의 개축과 증축으로 각 양식을 고루 갖추고 있다. 특히 후기 고딕양식의 일종인 플랑부아양양식 (Flamboyant style)의 건축물이라 매우 아름답다. 종루는 프랑스 성당 탑 중에서 가장 높은 151미터나 된다.

목조건물과 고딕양식의 건물이 어우러져 거리가 유난히 아름다운 루앙은 노르망디공화국의 수도(911년)가 되기도 하였고, 북쪽의 바이킹족 식민지가 된 적도 있다. 고대 로마의 수비지역으로 1천 여년의 역사를 지니고 있다.

루앙에 살면서 이곳 노르망디 출신 작가의 생애를 따라 그들이 태어났거나 머물렀던 곳을 찾아보는 것도 의미 있는 일일 것이다. 작가들의 생애와 연결된 장소를 한 번쯤 훑어보는 것도 좋다. 이곳 날씨는 하루를 놓고 볼 때 거의 흐려 있고, 비가 오고 바람이 불며 가끔은 해가 뜬다.

사람들을 우울하게 하는 날씨 때문인지는 몰라도 노르망디 출신이거나 이곳과 연결된 작가들은 프랑스 문학사상 많은 수를 헤아린다. 말하자면 극시인인『르 시드』의 피에르 코르네유,『잃어버린 시간을 찾아서』의 푸르스트,『여자의 일생』의 기 드 모파상,『좁은 문』의 앙드레 지드,『마담 보바리』의 플로베르 등이다. 그래서 머리가 아프거나 쉬고 싶을 때면 나는 그들의 리스트를 가지고 훌쩍 떠나곤 했다.

어느 때 플로베르의 뒤를 따라가 보기로 했다. 물론 이런 장소를 하루에 다 볼 수 있는 것은 아니다. 프랑스에 사실주의 문학을 꽃피운 구스타브 플로베르(Gustave Flaubert, 1821~1880)는 의사인 아버지 플로베르(1784~1846)와 노르망디의 부르주아 집안 출신인 어머니 플뢰리오(1793~1872)를 부모로 루앙 시립병원(l'Hôtel-Dieu)에서 태어났다.

그는 어머니로부터 노르망디인 특유의 낭만적이고 몽상적인 기질을 물려받았고, 아버지로부터 치밀한 관찰력과 냉철한 판단력을 가지고 태어났다. 그의 이런 유전과 환경 조건이 소설가로 성장하는 데 큰 영향을 주었다.

루앙 시내에 있는 플로베르의 생가인 이 시립병원은 크고 넓다. 그의 부친은 의사로서 시내 한복판에 3층 건물을 마련하고 환자를 진료했다. 그 건물은 현재 모두 기념관으로 사용되고 있는데, 그의 아버지가 사용하던 것으로 인체해부도, 의료시설 도구와 침대, 인간의 해골과 뼛조각 사진 등이 전시되고 있다. 아울러 플로베르의 창작실, 서재, 그의 필기도구, 사진, 당대의 저작물 모두가 잘 정돈되어 전시되고 있다. 1백 평쯤 될 것 같은 뒷마당은 도시 속의 숲으로 세계 각국의 허브 식물을 심어 놓았다. 그것은 해충 방지용인지 아니면 실험용, 또는 약용인지 잘 모르겠다.

그 당시 의사란 모든 항목에서 진료한 것 같다. 물론 플로베르의 아버지 역시 그러했는데 내과나 소아과는 물론 산부인과, 외과의사로서의 진료행적이 남아 있다. 산부인과의 의료기구들도 요즘 것과 비슷한 것이 있다. 다리를 다쳐 앓는 청년을 그대로 둘 경우 죽게될 수도 있었다. 그리하여 썩어가는 부분을 절단하지 않으면 안 되는 상황에서 의사인 플로베르는 톱으로 그의 다리를 잘랐다. 그 당시 수술했던 톱이 지금도 보관되어 있다.

물론 당시로서는 할 수 있는 한 소독을 하였겠지만 나무를 자르듯 톱으로 산 사람의 다리를 자르다니. 그래서 그 사람은 죽지 않고 살았다고 하니……. 어쨌든 여기는 그의 아버지 행적을 더 상세하게 보여주고 있다. 그의 아버지가 루앙 시립병원 설립과 함께 의료 진흥에 기여한 바가 크다는 것을 짐작할 수 있다. 서구인들의 과학 정신이랄까 실용주의적 경향을 볼 수 있는 박물관이다.

물론 플로베르가 이곳에서 태어나 20여 년을 살았다는 것만으로도 충분한 이유가 된다. 게다가 그의 아버지 행적까지 후세 사람들에게 보여줌으로써 당시의 의료상황까지 이해할 수 있도록 했다. 관람객들은 전시 유물을 통해 우선 즐거움을 얻고 동시에 많은 것을 배우기도 한다.

플로베르가 15세 되던 해 여름 바캉스 때 트루빌르에서 우연히 한 여인을 만나 일상적인 몇 마디를 나눌 수 있었다. 악보 출판사 편집자의 아내 엘리자 슐레진저는 이 젊은이의 가슴을 온통 흔들어 놓았다. 그 후 이 여인에 대한 말 못할 열정은 신비주의적인 사랑으로까지 발전했다.

하지만 그는 슐레진저 부인이 남편과 사별한 뒤인, 35세가 되어서야 처음으로 그녀에게 사랑을 고백하는 편지를 쓰게 된다. 이 여인은 『어느 광인의 회상』(1838)과 『11월』(1842), 그리고 첫 번째 『감정교육(l'Education sentimentale)』(1845)을 집필할 때 끊임없이 영감을 불러일으켰다.

그러던 중 갑자기 간질 비슷한 신경성 발작을 일으키기 시작하여 법률공부를 완전히 포기했다. 루앙 시에서 멀지 않은 센 강변 크로와세에 있는 별장으로 옮겨 문학에만 전념하면서 문인들과 교제를 넓혀갔다. 그는 그곳에서 『보바리 부인』을 쓰게 된다. '들라마르 사건'을 모델로 하여 쓴 작품이며 집필에 5년이 걸린 그의 처녀작인 동시에 대표작으로 1857년에 간행되었다.

1856년 『마담 보바리(Madame Bovary)』를 완성해 『르뷔 드 파리』

지(誌)에 연재했다. 그러나 작품 몇몇 대목이 선정적이고 음란하다는 이유로 작가와 잡지 책임자, 그리고 인쇄업자가 기소당했으나 쥘 세나르의 명쾌한 변론으로 무죄 판결을 받는다. 사실주의의 완성자로 인정받게 된 작가는 인간의 환멸, 권태 같은 감정을 아름다운 문장으로 묘사한 문학적 명성과 대중적 인기를 함께 얻으며『살람보(Salammbo)』『감정 교육』『순박한 마음(Un Coeur Simple)』등을 쓴다. 그러나 과도한 문학에의 집착으로 쇠약해져 1880년 5월 크로와세의 별장에서 뇌일혈로 사망한다. 그곳은 지금 플로베르 박물관이 되어 그의 모든 작품, 혹은 그에 대해 쓴 연구서 등이 소장돼 있다. 그의 사생아라고 은근히 알려진, 그가 엄격하게 사랑한 제자 모파상과 관련된 자료들도 많이 있다.

『마담 보바리』는 루앙에서 50, 60킬로미터 거리에 있는 아주 작은 마을 리(Ry)에서 실제 있었던 사건을 쓴 작품이다. '들라마르'라는 의사의 부인이 여러 명의 정부와 방탕한 생활을 하다가 빚에 몰려 자살하게 된 실제의 사건을 정밀하게 취재하여 쓴 소설이다. 그 때문에 더욱 현실적인 면을 가질 수밖에 없었다. 그런 점이 당대 프랑스의 신진세력인 부르주아들의 마음을 편치 않게 했다.

이런 국면에 처한 플로베르는 세간의 의혹에 맞서 '보바리 부인, 그녀는 바로 나다(Mme Bovary, C'est moi)'라는 신문 기고문을 게재하기에 이른다. 사정(射程)거리 안에 들어올 만큼 작은 마을 리에 가면 들라마르가 병원을 운영하던 그 집이 지금도 그대로 있다. 그곳이 『마담 보바리』의 무대이기에 플로베르와 연관하여 박물관으로 운영되고 있다.

이렇듯 프랑스에서는 어디를 가나 작가의 집, 작품의 무대 등을 잘 가꾸어 놓았다. 주로 그 지방의 관청이나 후원회 등이 자치적으로 박물관으로 만들어 운영하고 있다. 능률적이고 효율적인 자본주의가 몸에 밴 문화대국주의 정신이라 말할 수 있다. 이런 점이 우리나라와 다르다고 하겠다.

마을의 문화를 이용하여 방문객에게 즐거움을 주는 동시에 그것이 마을의 부가가치로 연결된다는 점을 잘 알고 있는 것 같다.

황국을 보며

황국(黃菊)을 보았다. 무더기로 떨어진 낙엽 축축한 바람에 흩날리던 날.

우리 동네에 큰 도로가 새로 생겼다. 아직 정리되지 않은 그 주변 꽤 넓은 공터엔 봄이면 파릇파릇 새순이 돋아 생기가 돌기도 했다. 도로 쪽으로 비닐하우스 꽃집이 죽 늘어서 있고 거기에서 가끔 꽃을 사기도 했다.

가을이면 온갖 종류의 국화들이 한껏 흥에 겨워 춤을 추었다. 예쁘게 한 줄로 같은 색깔끼리 정리되어 있고 잡초도 없다. 나무 막대기로 얼기설기 엮어 놓은 울타리 안에서 우쭐거리며 피어 있는 꽃들.

그러나 어느 날부터 수효가 줄었다. 그 꽃들은 아마 시장으로 팔려 나가겠지. 매일매일 아직 그래도 많은 꽃이 남아 있어 즐거웠는데 가을은 잔인하게도 내 기쁨 서늘하게 무너뜨렸다. 밤새 내린 날 칼날 같은 무서리는 그들의 마지막 자존심마저 빼앗고 희묽은 색깔로 볼품없이 만들었다.

축축하고 을씨년스럽다. 진눈깨비도 날린다. 차라리 겨울 날씨라고 하는 것이 맞겠다. 서걱서걱 낙엽 날리는 소리가 스산하다. 갈팡질팡 부는 바람에 공중에서 선회하는 낙엽들. 뺨을 때리고 지나가는 것들 이리저리 휘둘려 찢어지고 귀 떨어진 퇴색한 낙엽들. 황폐한 늦가을은 권태롭다. 울적한 마음 둘 곳 없어 들판을 헤맨다.

그러다 버려진 듯 포기한 듯 맨땅에 꽂혀 있는 황국 한 포기를 만났다. 피다 만 것 같기도 하고 활짝 핀 뒤 시들어 가는 것 같기도 한 황국을 먼지가 앉은 듯 된서리에 멍든 듯 가장자리는 누렇게 변색하여 힘 빠진 잎과 삐삐 마른 줄기가 그리 아름답지 않다. 아름다웠을 것 같지도 않다. 아무튼 아름다움을 잃어버린 꽃이다. 쓰러져 있거나 말라비틀어진, 혹은 모가지가 부러진 채 서 있는 강아지풀들. 그 틈새에서 황국이 꽂혀 있다. 못 본 체하고 그렇게 지나쳤다

첫눈 내리던 날, 갑자기 황국이 생각났다. 다른 꽃들 다 죽어 늘어졌을 때 그냥 그 자리에 외롭게 서 있던 모습. 그곳으로 갔다. 틀림없이 얼어 죽었을 테지 생각하면서. 그러나 아직 그대로 살아 있었다. 노란 꽃잎이나 푸른 잎 그대로.

"저래서 군자라고 했나? 이쯤에서는 죽어야 하는데, 왜지? 차라

리 내가 뽑아 버릴까, 얼어 죽는 것보다 나을 거야."

굿은 날은 계속되고 난 매일 그곳으로 갔다. 황국은 변하지 않는 모습이었다. 마치 감각이 없는 듯했다. 무표정한 그 모습에 슬며시 화가 치밀었다. 마치 나를 놀리는 것 같았다. 날이 갈수록 조바심이 생겼다.

"얼어 죽든지 말든지 맘대로 해."

나는 속상해 소리를 질렀다. 눈이 펑펑 내렸다. 마음이 놓였다. 눈을 맞고는 절대 살아남을 수 없겠지. 그러나 그 자리에서 꼼짝도 않고 눈을 맞는 그 모습에 약이 올랐다. 그래서 짐짓 태연한 척하였다.

"그래 아직은 버틸 수 있는 추위야. 그럴 수도 있어."

난 국화에 대한 책을 몇 권 읽기도 하였다. 특히 눈을 얼마나 더 맞아야 죽지 않고 버틸 수 있는가에 대해 알려고. 그리고 승산 있는 싸움이기에 내기를 걸었다.

맨살로는 견디기 어려운 추운 아침이다. 속내의를 입고 두툼한 스웨터 털 코트까지 입고 국화 곁으로 갔다. 덜덜 떨면서 그곳으로. 숨을 쉴 때마다 콧구멍이 쩍쩍 붙었다 떨어진다. 입김은 담배연기처럼 길게 흐른다. 눈썹에 하얀 서리가 앉는다. 머리카락도 얼굴도 빳빳하다. 눈동자도 얼어서 움직이지 않는다. 그러나 마음은 홀가분하다.

'내가 이겼다.'라는 승리감에. 내기에서 이긴 기분은 이루 말할 수 없이 좋았다. 내기에서 이긴 적이 한 번도 없는 나였다. 이건 하늘이 준 기회다. 난 이제 종종 내기를 할 거다. 자신감을 갖고. 난 아주 의기양양했다. 가는 동안 발걸음도 가벼웠다. 콧노래도 불렀다. 자꾸자꾸 미소가 흘렀다. 단숨에 그곳에 닿았다.

이게 웬일인가! 온몸에 하얀 눈을 휘감고, 대롱대롱 힘겹게 매달린 꽃잎, 바들바들 떨고 있는 잎들, 동상에 걸려 탱탱 부어오른 줄기, 마치 얼음벽 속에 갇혀 있는 모습이었다. 아니, 얼음 그 자체였다. 녹을 힘도 없어 얼음으로 버티는 모습, 웅크리지도 않고, 어느 것 하나 버리지도 않고, 여전히 처음 그대로의 모습으로, 주먹 불끈 쥐고 죽자고 버티는 고집, 죽어도 죽을 수 없는 그 완고함, 한 점 흐트러짐이 없는 하늘을 향한 그 꼿꼿함. 난 그만 그 자리에 주저앉고 말았다.

"세상에, 이럴 수가……."

나는 내기에서 지고 말았다. 패자는 깨끗이 승복해야 한다. 가까이 다가갔다. 내가 다가가자 파르르 몸서리치는 황국. 그건 원망의 몸짓이다. 반가움의 몸짓이다. 아! 이 꽃을 난 먼발치서만 보았던 것이다. 오기를 가지고 내기에만 열중하면서, 단 한 마디 말도 걸어 보지 않은 채. 왜 그렇게 버티고 서 있느냐고, 춥지 않으냐고 묻지도 않고. 그렇게 늘 떨고 있었을 텐데, 가까이 가서 여기저기 좀 살펴보았어야 했다. 말을 걸었어야 했다. 단 한 번만이라도.

슬그머니 그 주위에 쓰러져 있는 마르고 서걱거리는 강아지풀을 세워 주고 집으로 돌아오며 내내 생각했다.

'비닐을 씌워 줄까. 따뜻하게 볏짚으로 감싸줄까. 우리 집에 옮겨 놓을까. 뿌리가 흔들릴 건데, 잔뿌리가 더러는 잘릴지 몰라, 뿌리가 아프면 어쩌지.'

그러나 며칠 후 결심하였다. 그 꽃을 우리 집에 옮겨 놓아야겠다 고. 연안 쪽에서 수평으로 몰려온 매서운 추위가 30년 만의 한기로 몸속을 파고들던 그날, 뼈가 아리던 그날 난 황국에게 달려갔다. 그 꽃이 나를 보더니 고개를 숙였다. 눈물을 떨어뜨리며. 눈물을 보인 적이 한 번도 없었는데 외로움에 떨고 있었다. 가늘게, 아주 가늘 게, 나만 느낄 수 있는 몸짓으로 아주 가늘게. 그건 송곳에 찔리는 아픔이었다. 내게 전달된 그 전율. 그곳에 자주 가지 말았어야 했다. 내기를 하지 말았어야 했다. 강아지풀을 세워주지 말았어야 했다.

나는 삽과 바구니와 담요를 가지고 다시 뛰어갔다. 그렇게 달려 갔는데 언제 왔는지 그 황국을 보고 있는 여인이 있었다. 두꺼운 옷 을 입고, 목도리를 칭칭 감고, 목을 움츠리고, 코트에 양손을 집어 넣고 무표정한 모습으로. 그 꽃 주인인가 보다. 그 곁에 있지 말라 고 말하고 싶었다. 그냥 가라고, 나만 볼 수 있게 눈 맞으며 혹한 견디는 이 꽃 내가 봐주면 안 되느냐고…….

그 주위에 따뜻하게 울타리 만들어 주고 싶다고, 아니, 우리 집에 가져갔다가 내년 봄에 그 자리에 가져다 놓으면 안 되느냐고. 이건 훔치는 것이 아니라고, 꽃도 잎도 어느 것 하나 건드리지 않겠다고 말하고 싶었다.

난 들리는 소리로 아무 말도 하지 못했다. 경련을 일으키는 혀는 어떤 말도 허용하지 않았다. 하지만 내가 하지 못한 말 그 꽃은 알아들었나 보다. 내가 이렇게 매일 오고 싶어하는 걸. 마치 산 아래 호수가 아무 욕심 없이 아무 말 없이 산을 보듬어 안듯이. 산이 그렇게 호수에 스미듯 우리는 그냥 눈길로 스미고 싶어하는 것을.

나는 언뜻 보았다. 황국에게서 그렁그렁 맺히는 눈물을, 떨어지는 방울방울마다 피어나는 탐스러운 노란 꽃송이를, 빛나는 빛을, 태양처럼 나를 향한 환한 미소를. 오늘에서야.